俳句の表現技巧を捌く

―俳諧の底流にあるものを求めて―

創開出版社

俳句の表現技巧を捌(さば)く
俳諧の底流にあるものを求めて

目次

第二章　省略法 …… 12

第三章　比喩法 …… 23

第一章　基本型

伝統俳句の基本条件は、一般に「有季」「定型」であるといわれている。つまり、季節感を表す季語が入っていること、五・七・五の十七音節からなることとされる。しかし、俳句を歴史的に見つめ直した時、他にも基本となる条件のあることに気付かされる。それにはまず金子兜太（かねことうた）氏のいう「切れ」が挙げられよう。これは、俳句の中に「切れ字」を用いて切ることである。また、「俳諧味」「完結性」も基本条件に加えるべきであると、私は考える。

現代俳句では、季節感と関係なく季語が使われたり、字余りの句であったり、切れの意識も薄くなっている。また、俳句は永遠に未完結の詩であるとする人も出て、俳諧味も影が薄くなってきている。

一・有季

有季とは「季語」を有するというよりも「季節感」を有するということである。

四季おりおりに変化する自然現象、動植物やそれらに関わる人間の営みを題材にして俳句を詠む。その際に題材そのものを客観的に詠むか、題材を主観的にとらえ、作者の心情を詠むかは個人の好みによる。どちらがどうということではないが、現代俳句では客観写生の句がだんぜん多い。俳句を詠むのは人間だから人間の心情が主体であるべきだとする主張も少なくない。松尾芭蕉は、目にしたものを核にして、それをじっくり咀嚼（そしやく）し主観的に脚色してイメージ俳句を作った。

夏草や兵（つわもの）どもがゆめの跡　　松尾　芭蕉

古戦場にぼうぼう生え茂っている夏草が感動の中心だが、戦で無駄に命を落とした者が哀れでたまらないと涙を落とした芭蕉の心情が句を裏打ちしている。「夏草」が季語。

五月雨の降りのこしてや光堂　　松尾　芭蕉

前日は激しい雨だったが、芭蕉が平泉に来た日はすがすがしく晴れていた。薄暗い杉林の中に燦然と輝く金色堂のイメージが引き立てるのは雨しかないと芭蕉は考えた。棺の中のミイラを安らかに眠らせるにも雨が必要であった。雨を配したのは芭蕉の脚色である。写生俳句ではなく、心象風景を詠んだものである。季語は「五月雨」。

これに対して、明治になってから、正岡子規が客観的な「写生」の俳句を提唱し、現代俳句の祖とされている。芭蕉は和歌の主観的な精神を汲んだのに対して、子規は画家であった与謝蕪村の客観的な写生を受け継いだように思われる。

牡丹散つてうちかさなりぬ二三片　　与謝　蕪村

絵画は大輪の牡丹の花そのものを描くのが常道であろうが、俳句では部分を描くことで全体は読者に想像してもらう手法をとることが多い。鼻だけを取り上げて象の全体像は読者に描いてもらうという手法である。季語は「牡丹」。

鶏頭(けいとう)の十四五本もありぬべし　　正岡　子規

病床から、庭の一画に鶏頭の一叢(ひとむら)が見える。十四・五本はあるだろう。鶏頭がどんな色でどんなふうに咲いているか、どんなに美しいかの説明は省いて読者の想像にゆだねている。季語は「鶏頭」。

蜜豆を食べるでもなくよく話す　　高浜虚子(きよし)

高浜虚子は正岡子規に師事し、その俳句観を受け継ぎ花鳥諷詠を主唱した。「蜜豆」は夏の季語。
注文した蜜豆が運ばれたが、お互いに喋(しゃべ)りたいことがいっぱい溜(た)まっていて、食べることよりもまず胸の内を空っぽにしたい風である。いつまでかかることやら、女の話はきりがない。

二．定型

定型とは、基本的には上五・中七・下五の合計十七の音節形式を指す。
この形式は、文節またはその集まりである連文節が意図的に五音節、七音節に作られることに因る。この言いやすい五音、七音は日本人の言語習慣に因るとも言われ、日本人の体質に合っているからだとも言われている。

基本形式の五・七・五にきっちり合わせなくとも、全体として十七音節であればよいとする方向に崩れつつある。しかし、定型俳句では音節の過不足は許されるべきでないと主張する人も少なくない。

目には青葉山時鳥初鰹　山口素堂

この句は上六・中七・下五のそれぞれの句が修飾関係をもたず、独立して、完全に切れている珍しい例といえる。このような切れかたは、俳句の意味が切れ切れになってまとまりがなくなってしまうので好ましくない。なお、この句には「青葉」「時鳥」「初鰹」と季語が三つも入っていて、これもまた珍しい。この句の場合は、作者が三つの実景を並べて季節感の融合を試みたものと思われる。

見渡す限り濃い緑の繁り、その中から時鳥（ほととぎす）の声が響いてくる。そんな中で初鰹に舌つづみをうっている作者が浮かび上がってきてほほえましい情景ではあるが、焦点がぼけていて詩情が薄れている。

春暖炉名画の女犬を抱く　　富安（とみやす）風生（ふうせい）

五・七・五の句。春の陽がさしこんできて広い洋間だが暖かい。壁をくり抜いて造られた暖炉に申し訳程度の火がちろちろ燃えている。暖炉の上に、犬を抱いた婦人の名画が懸れてある。外国映画でもこんなシーンを見たような気がする。

三・切れ

「切れ」とは、句の途中にまたは下に、「切れ字」を用いて文法的にも完全に「切る」ことである。「切れ字」は俳諧連歌のジャンルだけで考案され培われたもので、俳句にそのまま受け継がれた技法であり、「切れ」は俳句の特性から外すことのできない重要な要素である。「切れ字」は、一句を独立させたり、句に曲折を与えたり、詠嘆の意味を添えるなどの効用をもっている。なお、何が「切れ字」かについては、十六字だとする説、十八字とする説、「いろは四十八字すべて」だとする芭蕉の言（ことば）などいろいろな説があって一定しない。因（ちな）みに十八字説は「かな、もがな、し、じ、や、らん、か、けり、よ、ぞ、つ、せ、ず、れ、ぬ、へ、け、いかに」。この内「し」は形容詞の語尾、「せ、れ、へ、け」は動詞の語尾で「いかに」は副詞など怪しげなものが入っている。

が、一般的に詠嘆を添える助詞「か、や、かな、かも等」助動詞「けり、なり等」を指すが、感動詞も含め置く。
現代俳句での「切れ」は切字を用いたものの他に、名詞または活用語の中止法等によって途中に間（ま）を置く（一呼吸置く）ように「切れ」の意識が緩やかになっている。

しぐるるや駅に西口東口　　安住　敦

人の流れについて行くと見慣れないところに出た。西口と書いてある。こんな出口があったのか。いつ出来たのだろう。西口があれば当然東口もあるだろう。北も南も中央口もあるかもしれない。外は冷たい時雨で煙っていた。「しぐるるや」で文法的に切れて、ここに間が置かれている。

太陽に吹き込む飛雪スキー場　　中西　碧秋（きしゅう）

「太陽に吹き込む飛雪」で切れる。冬山の天候は変わり易い。特に風が気まぐれで変化が激しい。広いスキー場で、急に吹雪いて前が見えなくなったりする。舞い上がった雪が太陽に吸われるように上昇する。

じっとしてゐてどう見ても恋の猫　　能村登四郎（のむらとしろう）

かまどの上に雌猫がうずくまっている。ときどき薄目を開けはするがほとんど目をつむったままだ。だが、いつもの猫とはどこか違う。餌も取らずに、耳に全神経を集中させて遠くの雄猫の声を聴き分けている。「じつとしてゐて」ここに間を置き静けさを強調する。

四．俳諧味（俳味）

俳句は、伝統的には俳諧連歌の心が受け継がれていなければならない。

俳諧味とは、滑稽、風刺、軽妙、洒脱、また、わび・さびの脱俗的な情趣、機知などを含めた諧謔味を刺している。

五．完結性

俳句は俳諧連歌の初句（発句（ほっく））が独立することにより、長連歌の未完結な一節から完結された一編の詩としての資質を負わされた。

第二章　省略法

　省略法とは、意味の分かる範囲で言葉を省略して短く表現する技法で、内容を圧縮し簡潔にする効果がある。特に俳句では五・七・五の型に嵌めるために、散文とは異なった極端な言葉の省略が行われる。俳句のすべてがこの技法によっているといっても過言ではない。

　小説のおもしろさは、説明部分をいかに詳しくリアルに表現するかにあるが、俳句では、説明部分は極度に省き、省かれた部分は読者の想像で補ってもらう約束で成り立っている。したがって、読者の体験の深さによって想像する内容に差異の生じるのはやむを得ないこととされる。

一・助詞の省略……音数を少なくするためによく行われる。

鏡餅ひわれて昨日はや昔　　　西根　駒ヶ嶺不虚

（鏡餅が干割れて～。「が」の省略）

作者は西根町の東慈寺の住職。仏前に飾った鏡餅が乾いてひび割れていた。鏡開きまでにはまだ間があるのに。あんなに柔らかだった餅もあまり日が経っていないのにこんなになってしまう。人も昨日より今日は老いている。昨日はもはや昔なのだ。月も日も人も永遠の旅人なのだ。

相反く掌をなだめつつ雑煮食ふ　　　盛岡　多田　一荘

（～雑煮を食う。「を」の省略）

半身不随になってしまった作者が、お正月に雑煮を食べようとした。

片方の手は他人のように意思を無視して思うように動かない。その手を労り(いたわり)ながら雑煮の椀に添えさせた。

成木(なりき)責め斧の柄ゆるびをりしかな　湯田　小林　輝子

（～柄がゆるむ、の「が」の省略）

成り木責めは、刃物を果樹に当てて「生るか、生らねぇか。生らねぇば伐ってしまうぞ」と脅して、豊作を促す子供等の正月行事。生り木責めをするので斧を出してきた。が、しばらく使っていないので柄ががくがく緩んでいた。

二．形容詞の省略……悲しい、寂しい、美しいなど形容詞は省かれることが多い。省いても読者の創造力で理解されるからである。

遅く咲く古城の桜ながめ来し　　盛岡　尾沢　白露
（桜の美しさは省略）

盛岡城址の中の南側に桜の老木が残っていて花見客で賑わう。作者は混み合う時期を少しずらして城跡に登る。秀吉の命により転封させられた南部藩を思う。一重の桜の花は散り赤いしべが降っていた。いつもの所に立つ。今年も実に見事に八重桜が房を垂れていた。
かつての城主をしのぶように。

馬埋めて辛夷（こぶし）が空に残りけり　盛岡　戸塚時不知

（馬の埋葬を終えた時の寂しさは省略）

病気で死んだ馬を辛夷の木の下に埋めた。手を尽くしたがだめだった。後悔があった。頭上に錆びかかったコブシの花が下向きに咲いていた。作者は獣医。

三．連体詞の省略……この、その、あの、どの、あらゆる、大きな、小さな、あらゆる、などの連体詞は、とくに限定する場合を除き、用いた例が少ない。

また、これらの語のうち文語として用いる場合、口語とは異なる扱いになるものもある。

こほろぎのこの一徹の貌を見よ　　山口　青邨（せいそん）

文語表現のこの句の「この」は、「こ（代名詞）＋の（助詞）」の連語として扱う。

深夜、本の積み重なった机の端にこおろぎが跳んで来た。触覚を降りながらつぶらな眼でこちらを見ている。愛らしい顔だがよく見ると一本芯の通った頑固な面構えでもあった。学者である作者の柔和な顔とダブる。

四．形容動詞の省略……静かだ、元気だ、丈夫だ、などの形容動詞も形容詞同様に省略されることが多い。

五．動詞の省略

朝霞大河みなみへゆるやかに　盛岡　中野　鶴平

（ゆるやかに流れる、の「ながれる」が省略されている）

平泉辺りの景か。眼下にひらける穀倉地帯の中を朝の北上川がゆるやかに流れている。おりから、束稲山を隠して霞がたなびいていた。

水の面に呼吸をひとつ種俵　松尾　畠山千代子

（呼吸をする、の「する」が省略されている）

池に浸してある種籾の俵がとつぜん浮かんできた。そして水中に沈んでいった。まるで呼吸をするように。おちこちから耕耘機のエンジン音が聞こえてくる。

花林檎夜目にもしかと風の道　　二戸　たけだひでお

（しかとある、の「ある」が省略されている）

夜目にも白く、花盛りの林檎畑が広がっている。近くを通ると、ぼうっとした白っぽい暗がりの中にも濃淡があって、それが川の流れのように動いて行く。風の通り道だ。林檎の花にも香りが欲しいと思う。

青梅雨や指しなやかに忿怒仏　　滝沢　金沢　希美

（忿怒仏がおわす、の「おわす」という尊敬語の動詞が省略されている）

激しく怒ったお顔の仏像だが、意外にも指はしなやかに優しく彫られていた。鬱陶（うっとう）しい長雨に怒っているのか、暗い世相にか、それとも私にか。

六．助動詞の省略

鶯や啄木歌碑の第一号　　　盛岡　武内千賀詩

（これが～第一号なり、とすれば、指定の助動詞「なり」が省略されている）

「やはらかに柳青める北上の岸辺目に見ゆ泣けとごとくに」の歌碑が鶴飼橋（つるがいばし）近くの高台にある。建立は地元の「有志」とだけあって氏名が書かかれていない。北上のせせらぎが近くに聞こえ鶯もよく来る。「石をもて追わるるごとく～」故郷を後にした啄木にも理解者があった。

七．主語の省略

俳句では感動の主体は作者本人であるため、「私が」のような主語は出さないのが一般的である。形式的な主語も省かれることが多い。

一本のろうそくともし屠所初（としょはじめ）　盛岡　戸塚時不知

蝋燭をともした主体は、屠殺場の職員で、この句の主語であるが、省略されても意味上なんら支障なく理解される。

剪定（せんてい）の枝畑に焚き農談義　盛岡　小島　草火

（農業について談義をしている主語が省略されている）

堅雪を踏んでの果樹剪定が一段落し、切り落とした枝を集めてみんなで暖をとる。農業政策の不満も出て、声が荒くなる。

啄木忌草に腹這ひ何か読む　北上　及川あまき

（何かを読んでいる、の主語か省略されている）

歌碑のそばの芝草に若者が腹這いになって何か読んでいる。ハイネの詩集かもしれない。

啄木に「不来方(こずかた)のお城の草に寝転んで空に吸はれ十五の心」の歌がある。

第三章　比喩法

比喩とは、例えば「雷のようないびき」のように似た事物にたとえて、その特徴を強調・誇張する表現方法で、これには〝～よう〟〝～みたい〟〝～の如し〟のように助動詞を用いる方法（直喩）と、助動詞を省略した方法（暗喩・隠喩）の他、引喩、代喩、擬人法、風喩などいろいろある。

一・直喩法（明喩、シミリー）

ごとし、ようだ等の比喩の言葉を用いて比喩する方法。

一枚の餅のごとくに雪残る　　川端　茅舎（ぼうしゃ）

残雪がふっくらとした鏡餅のような形に残っていたというよく目にす

る情景であるが、「一枚の餅のごとくに」という比喩によって残雪の様子が眼前にありありと浮かんでくる効果をねらった。ただし、ありふれた比喩は鼻につくし、何に例えるかによって逆効果になることもあり、簡単そうにみえて難しい技法である。

咳込めば我火の玉のごとくなり　　川端　茅舎

真赤になって激しく咳込んでいる姿が彷彿（ほうふつ）としている。「火の玉のように」とはうまい比喩である。

火を投げし如くに雲や朴の花　　野見山朱鳥（あすか）

比喩の名人といわれる作者が、夕焼け空に浮かぶ雲を火炎を投げたようだと譬えたのはさすがである。夕焼け空を背景に真っ白な朴の花の配色も面白い。

神々の御代の如くに菜殻燃ゆ　野見山朱鳥

菜種を取った後の殻を田のあぜなどで焼く。菜殻を火にかざすと音も無くめらめらと透明な炎をあげて燃え、すぐ燃え尽きる。（神話でいう）神代のころも火はこのように静かに美しく燃えたであろう。

雪渓に山鳥花の如く死す　野見山朱鳥

山鳥は春、雪渓は夏の季語。この俳句は夏の頃のもの。周囲の山々は緑に覆われているのに深い渓谷にはまだ雪が残っている。登山家にとっては魅力的な残雪である。登山の途中で見つけた山鳥の死骸。それが花のように美しかった。あまりの美しさゆえに哀れさがいっそうつのる。

また、鳥を花に例えた句につぎのようなものがある。

白鳥といふ一巨花を水に置く　中村草田男（くさたお）

詩の如くチラリと人の炉辺に泣く　京極杞陽（きょうごくきよう）

苦しい胸の内を他人に話すことで気が晴れるものだ。ちろちろ燃える囲炉裏のそばで身の上話を聞かされる。身近かな所にもこんなにも悲しい現実があったのか。ぽろっと涙がこぼれる。その清らかな涙は詩の一節のように思えた。

去年今年（こぞことし）貫く棒の如きもの　高浜虚子

目が覚めると昨夜は去年であり、今朝は今年である。年ががらっと変わった。一年の計は元旦にあるというが心にいささか決する事がある。単なる時間の流れだが、目に見えない確かな犯し難い太い棒のようなものが一本通っているように感じた。

寒鯉の雲のごとくにしづもれる　山口　青邨(せいそん)

寒中、氷の下（？）にじっとしている鯉がぼんやり見える。句の意味は、鯉が、寒い空にじっと凍ったように動かずにいる雲のようだというのであるが、外気もちょっと歪めばひび割れそうに凍っている。

風にゆれ怒濤の如き花一朶　山口　青邨

桜花爛漫。ひとひらの花弁も散る気配がない。年を経た並木のどの桜も満開である。突然の風に桜の太い枝枝が大きく煽られた。それがあたかも怒濤のように作者に迫ってきた。

日の障子太鼓の如し福寿草　　松本たかし

暖かな春の陽射しでぱんぱんに張った真っ白な障子。家の中の子供らの声が障子で増幅されて外に響いてくる。雪が消えて間もない庭に、爪で弾けば響くような堅い金色の花弁の福寿草が日に輝いている。うららかな春の昼下がりであった。

くれなゐの糸のとごくに花しぐれ　　角川　春樹

絹糸のような時雨がおりおりやって来る。その度に傘をさす。傘で視界が狭められ辺りが前よりも明るく感じられる。雨の糸はほのかな紅色を帯びていた。傘のせいではない。周りの桜の花の色を映していたのだった。紅枝垂桜の小径であった。

円陣のラガー獣のごとく散る　　潮来市　大野　信也

水仙や古鏡のごとく花をかかぐ　　松本たかし

枯れもせでわが妻魔女のごとくあり
鎌倉　井上　鬼平（朝日俳壇）

光太郎碑臥牛の如き背に初日　　花巻　小瀬川季楽

早池峰の雪砥のごとし彼岸西風　　盛岡　山内はじめ

野兎のごと堅雪の川渡る子ら　　紫波　吉田　一路

勝ち鶏のつばさ扇のごとく舞ふ　　盛岡　志和　正巳

二．陰喩法（暗喩、メタファー）

「ごとし」「ようだ」等の比喩の言葉を用いない比喩の方法。

其中に金鈴をふる虫一つ　　高浜　虚子

すずむしのことだろうか。たくさんの虫の中に、一匹だけ金の鈴を振るような澄んだ音色を響かせている虫がいた。「金鈴をふる」は巧みな比喩である。「金鈴を振るような」の「ような」が省かれている。

灯を消して元禄の闇雛と寝る　　盛岡　小原　啄葉

昔の土雛が飾られている部屋に寝かされた。電灯を消すと元禄の頃の闇の中にタイムスリップし昔のような気分。華美な元禄時代の文化が思われる。

初空や大悪人虚子の頭上に　　高浜　虚子

この句は作者自身が自分のことを大悪人とおおげさに表現したところにおもしろさがある。人間誰しも何分かの良心に反することを持っているもの。神々しい元旦の空を眺めた作者が心静かに自分を見つめている姿が目に浮ぶ。

幾筋の光となりて放ち鮭　　陸前高田　菅原　和子

春の川に、子供たちを動員して鮭の稚魚を放流する。稚魚がせせらぎの中にきらきら光りながら消えていく。四年後には大きくなって戻って来いよ。

大年の東京煮ゆる人地獄　　石塚　友二

大晦日(おおみそか)の大東京。大晦日にはがら空きになる東京の町でも混み合う所は混む。大混雑の様子を煮えたぎっているようだと見、地獄絵図のようだと見た。同じ情景でも、見る人のその時の心理状態で捕らえ方が全く異なってくる。この句を作った時の作者は失意のどん底にあったのではないのか。

寒声や目鼻そがるる向う風　　青木　北斗

寒中に声を鍛えると声が良くなり芸が進むという。目や鼻がそぎ取られるような寒風の中に立って、謡曲か何かの稽古をして声を鍛えている。「そがれるような」は風の冷たさの比喩。

火の独楽（こま）を廻して椿瀬を流れ　　野見山朱鳥

真っ赤な椿の花が、火のこまのように、時には激しく時には緩やかに回りながら流れて行く。椿の花を操っているのは川の流れ。擬人法も用いられている。

貴婦人の黒スカートの黒金魚　　山口　誓子（せいし）

黒い服に黒いスカート。黒ずくめのふっくらとした婦人が行く。まるで黒い金魚のようだというのである。眼鏡を掛けていれば黒い出目金になるところ。

人間の海鼠（なまこ）となりて冬籠（ふゆごもり）　寺田　寅彦

みちのくの冬は長い。じっと雪の底で耐えて春を待つ人々はナマコのようだ。そんなふうに作者は想像した。御自分のことかも。

α　β　γ　緑野の鴉（からす）　津田　清子

緑野は春の野のことか。カラスの飛ぶ様子をギリシア文字のα、β、γと見た。宮沢賢治にボウフラの様子をα、β、γ、δと詠んだ詩があった。

知床の鋮（はり）の風立つ山辛夷（こぶし）　前仏（ぜんぶつ）　虚水（きょすい）

知床の風は、衣服を通して肌に針のように刺さる。こんな厳しい自然の中でもコブシがうつむきに咲いていていた。

紺服の芯の細頸新入生　　林　翔

小学校の新入生。入学式に集まって来る子は、紺の学生服から芯のように細い首を出していていた。ほっそりした若いお母さんに手を引かれていてほほえましい景である。

初茜神の姿の南部富士　　盛岡　高橋　青湖

元旦の朝早く、心ひき締まる思いで外に出た。日の出る直前の東の空が茜色に染まっている。振り返ると、頂上を茜色に染めて、岩手山が神々しく見えた。神の姿のように。

三．声喩（オノマトペ）（擬声）

物の音や動物の声をまねた擬声語や擬音語を用いて表現する方法。この表現は作者の主観的なもので他人の共感が得られないこともある。ひよこの鳴き声をピヨピヨと聞くかピープピープと聞くかは個人差による。

厚餡割ればシクと音して雲の峰　　中村草田男

餡のいっぱい詰まっている饅頭を割ったらシクと餡のきしむ音がした。お茶を飲み餡の甘みをゆっくり味わいながら遠くに目をやる。彼方の入道雲が眩しい。餡の割れる音をシクと感じた。

鳥渡るこきこきこきと罐切れば　　秋元不死男

秋の澄んだ空を渡り鳥がそれぞれの群れをつくって渡る。それを見ながら缶詰を切る。コキコキコキ、コキコキコキ……。この音から戦後のひもじかった頃が蘇る。

残雪やごうごうと吹く松の風　　村上　鬼城（きじょう）

寒さがぶり返して、消え残っている雪もなかなか減りそうがない。松林が激しく揺れている。つんぼの作者には聞こえないが、激しい雨の音を想像する。「松風」は古くから親しまれ歌などに詠まれているが、こんなに激しいの音も句になるのか。和歌の表現に対する皮肉のようにも取れる。あるいは自分の耳の中の音か。「ごうごう」は激しい音だが寂しさを感じる。

雪の水車ごっとんことりもうやむか　大野　林火

「ごっとんことり」は水車が今にも停止しそうな様子。止まりそうでいてなかなか止まらない。せき止めたばずの樋に、雪解けで増水した水が少し流れ込んでいるためであろうか。水車の心棒に塗ってある油の匂いがした。

ごうごうと楡の落葉の降るといふ　高野　素十

ニレの落葉がごうごうと降るすさまじい光景を聞いたことがある。今、目前にしているのもそれに似た光景だ。

寒雷やびりりびりりと深夜の玻璃（はり）　加藤　楸邨（しゅうそん）

電光が夜空を鋭く駆ける。ガラス窓に雷鳴が響いた。今にもガラスにひびが入りそうな激しい音だ。こんなに激しい音なのに誰も起きた者はない。寒の雷にしては珍しく激しいものであった。

四・能喩（擬態）法

物事の状態をまねた擬態語を用いて面白みを出す表現する方法。

大根を水くしゃくしゃにして洗ふ　　高浜　虚子

手を切るような冷たく澄んだ重い水をくしゃくしゃに揉むようにして大根を洗っている。真っ白な大根の肌が眩しい。葉が茎から折れて流されていく。家の軒に干し大根の簾が掛けられていて、冬の深まりが感じられる。

雉子（きぎし）の眸（ひとみ）のかうかうとして売られけり　加藤　楸邨（しゅうそん）

店先にぶら下がっている雉の目がきらきら輝いている。どう見ても、目の輝きから死んでいるとは思えない。いまにも羽ばたいて飛んでいきそうに思えてならない。

づかづかと来て踊子にささやける　高野　素十（すじゅう）

盆踊の輪も広がり、踊り子の手も太鼓のリズムに乗ってしなよくなった。と、その踊りの輪に大男がずかずかと近づいて、一人の踊り子に二言三言ささやいて去って行った。

雨来ると頭ぐらぐら翁草　山田みづえ

銀髪のオキナグサに雨がざぁときた。アルシンドの頭のようになって、首を垂れた。が、雨を喜んでいるように見える。

牧に来ぬるんるんるんとしじみ蝶　盛岡　竹内千賀詩

牧場に来た。家に籠っている仕事から解放されて、広い草原に来ただけで爽快な気分にしてくれる。シジミチョウまでが、るんるん気分で飛んでいるいるように見える。

坑夫の目ギラギラとして雪深し　矢巾　宮　酔草

炭鉱の坑夫が仕事をあがって穴から出てきた。真っ黒に煤けた顔にはぎらぎら光る目ン玉が二つ鼻穴が二つあるだけ。外は大雪になっていて、まだ降り続いている。

猟犬の耳ひらひらと飼はれけり　　石鳥谷　金子　礼子

犬ほど飼い主に忠実な動物はない。命を賭して熊にでも挑むという猟犬にしては優しい目をしている。耳も風にひらひらするほど薄っぺらで優しい。

五．代喩法

他人を親しんで、また、あざける気持ちから本名とは別に特徴によって付ける名を渾名（あだな）というが、それを代名詞のように用いる方法。例えば、「タコの奴またやって来た（男はつらいよに出てくるタコというあだなの社長）」。「赤シャツとマドンナが入って行った（坊っちゃん）」の類いのように用いる。

小ギーギル即小ハイド衣更へて　　中村草田男（くさたお）

季節に応じて衣服をかえる習慣は日本だけではないだろうが、日本ほどはっきりしている国は珍しいだろう。チキール、ハイドは説明するまでもなくスティーヴンソンの小説の二重人格の主人公だが、俳句の中では衣替えをしたとたんに全く違う人間のように行動するわが子をさしているが、それを、目を細めている作者が浮かんでくる。

うち眺めビキニにも臍（へそ）あたりまへ　　平畑静塔（せいとう）

ここでのビキニは、ビキニ姿の若い女性。「うち」と意味を強める接続語が用いられていることから、目を輝かしてビキニ姿を眺めている姿が想像できる。腹部に陥没した部分があることに気付く。臍だ！　あたりまえのことだが一瞬意外に思う。眩しい海辺で、水着姿の女性をつくづくと眺めていたら、耳を強く引っ張られた。

見られゐることを見てゐるサングラス　稲畑　汀子（ていこ）

海岸で、サングラスをかけた水着の女性をじっと見ている。向こうもサングラスの中からこちらを見ている。

夏帽子大国主命（みこと）かな　川崎　展宏（てんこう）

円形で、平たく、わきにふくれた夏帽子をかぶつて居る人の姿がまるで大黒天のそっくりさん。大きな袋を担いでいれば大黒さまそのものだ。

ナターシャとソーニャを隔つ雪しまき　大和　三宅　新作

（日経俳壇）

六・擬人法

人でないものを人に見立てて扱う表現技法。

冬の水一枝の影も欺かず　　中村草田男

今にも凍りそうな重くよどんだ池。その鏡のような水面に周りの木々が映っている、細かな枝一本一本が正確に映し出されていて少しもごまかしがない。冬の水は欺かないと擬人化した。

稲妻や夜も語りゐる葦と沼　　木下夕爾

アシが風にそよぐとそれに応えて沼にさざ波が立つ。互いにお喋りを楽しんでいる。夜になってもそれが続いている。ときおり、稲光りが走る。

木の股にゐてかんがへてゐるとかげ　日野　草城（そうじょう）

トカゲが木の股にいて、ときおり首をかしげる。何か考えごとをしているようだ。

おのが影ふりはなさんとあばれ独楽（こま）　村上　占魚（せんぎょ）

自分の影を振り払おうとして独楽が暴れている、と作者は擬人法でとらえた。

肩触れて引くべくあらず喧嘩独楽（けんかこま）　鈴木　栄子

相手の独楽が肩にぶつかってきた。これでは引き下がる訳にはいかない。負けてはいられない。こっちも思いっきりぶかって相手をはじき飛ばした。独楽への思いいれが擬人化させている。

けんか独楽(こま)宙に翼を得て勝ちぬ　盛岡　柴田冬影子(とうえいし)

独楽をけんかさせて、一方が相手をはじき飛ばして勝った。三船十段の空気投げに似て、一瞬の切れ技であった。勝った独楽は、空間に見えない翼を広げてどうどうと回り続けている。

春疾風軒の雀をこぼし過ぐ　江釣子　遠藤　明峯

一陣の春風に、軒の雀が吹き払われて地面にこぼれ落ちた。風は何ごともなかったように去っていった。そんな感を擬人化した。

鮭吊って柱に力充ちにけり　盛岡　小原(おばら)　啄葉(たくよう)

大きな鮭を柱にぶら下げた。柱が鮭の重さに堪えるため力んでいる。そんな感じのするほど大きな鮭だった。柱が力を充満させるというのは、柱を擬人化した表現。

盗みたる水がささやく闇の中　　平泉　鎌田　掬月

真夜中、こっそり水を盗んで我が田に引く。闇の中で、水はかすかな音をたてながら田の中へ流れ込んでいく。水がささやくように聞こえるが、飢えた稲の声かも知れない。

噴水の一本づつの自己主張　　友田　美子

色電気を囲んだ何本もの噴水が勢いよくふき出している。同じようでいてよく見るとそれぞれ強さが少しずつ違っている。それを噴水の自己主張と見た。

土地売りの旗鳴って山眠られず　　田中美津子

宅地開発が山の麓まで進んだ。小旗を沢山立てて、分譲が賑やかに行われている。冬山はまったく精彩を失って眠っているようだと見た時、「山眠る」という季語が浮かんだが、はためく小旗や人の騒音がうるさくて山が眠りにつかれないと、「山眠る」をひねって「山眠られず」とした。自然破壊への抗議も含めたアイロニーが面白い。

初蝶の来て渾身の水車　　田中　政子

水車がゆっくり回っている。柔らかな春の風に乗って蝶が飛んで来た。それを見た水車が、いい格好を見せようとして渾身の力をふりしぼって力強く回った。

マヌカンに恋のまなざし春隣　土生（はぶ）　重次

陽射しも暖かく春がもうそこまで来ている。デパートのマネキンも春の装いで、秋波を送っているように思える。マネキンをフランス語にしたのもそんな思いを出したかったのだ。

七．擬物法

人間を無生物になぞらえて言う修辞法。

例：「彼は大店の大黒柱だ」「生き字引」

八．換喩法

あることを表現するのに、これと密接に関係するもので置き換えること。

角帽＝大学生
鳥居＝神社

角帽の消えて久しき銀杏(いちょう)散る　　町田　坂西　春雄

角帽を被った大学生が消えて久しい。昔の学生は、ふだんでも破れても学生服を着ていたものだが、今の学生は学生服を着ている者が少ない。もちろん角帽など被る者がいない。銀杏の葉が散りしきる中で、今の学生は学生としての自覚や責任感がなくなってきたからではないのか、などと作者は考える。「角帽が消えて」とは大学が移転してしまった意味かもしれない。

九．提喩法

ある事物ついて、その一部にあたる具体的な語で、抽象的総称的な全体を表す。または、その逆に全体をさす語で一部を表すこと。

パン……食料全体をさす。

花……花の一部（桜）をさす。古くは梅の花を指した。

花の下片手あづけて片手冷ゆ　　鈴木　栄子

手をつないで満開の桜の下を二人で行く。片方の手は彼に預けているので暖かだが、もう一方の手は冷たくなってしまった。そろそろつなぐ手を替えようかしら。

第四章　強調法

強調法とは、詠嘆の付属語を添えるなどして、調子を高める方法のことで、次のようなものが考えられる。

一・漸層法

語句を重ねて用いることにより、徐々に意味を強める効果を期待する修辞法。リフレーン（反復法）と違うのは、リフレーンは同じ言葉の繰り返しであるのに対して、漸層法は異なる言葉を用いて、満ち潮の波のように次第に高まるような表現をいう。

茸(きのこ)さへあれば芋の子さへあれば　　　遠野　平野六角牛(ろっこうし)

食欲の秋。茸さえあればそれで満足だ。芋の子汁だけでもじゅうぶんだ。民話だけでなく、美味しい物がいっぱいある遠野の里の生活に満足している作者。

季語が「茸」「芋の子」と二つもあって、しかも例示としてだけ使われていて、本来の季語の使い方ではないところに問題もあろうが、「茸」と「芋の子」を重ねて里の秋の満足感を強調しているところに一つの技巧がある。

母の声子の声峡（はざま）に水澄めり　　角川　照子

川岸で野菜を洗っている若い母親と子とが大きな声で話しをしている。その声が紅葉の美しい谷に響く。澄みきった水が、人の心まで清らかにしてくれる。谷間に「母の声が響く」「子の声が響く」を重ねて澄みきった谷間の様子を強調した。

山を負ひ一戸負ひたる冬菜畑　金子のぼる

侘しさを強調するために、さびさびとした冬の山を置きその前にぽつんと建っている一軒の農家を配した。その詫しさが、家の前にある少しの冬の野菜の緑に救われる。やるせない侘しさを重ねておいて、ほっと心の安らぐ言葉で締めくくってある。

二．反復法（繰り返し法、リフレーン）

同じ（または類似の）語句を繰返すことによって強調する技法。音節数に制限がある俳句では語句の無駄づかいになるのであまり好まれないが、効果的に用いれば有効な手段となる技法である。

木の葉ふりやまずいそぐないそぐなよ　加藤楸邨

「いそぐな」の繰り返しで、深まり行く秋の寂しさを強調している。

秋灯を明るうせよ秋灯を明るうせよ　星野立子

何か嬉しい事があったのだろうか。美容院から髪形を変えて戻ったのか。もっと家の中を明るくしたい。そんな思いを強調するために繰り返した。

蛙の目越えて漣又さざなみ　川端茅舎

「さざなみ」を二度繰り返しているが、何度も何度も小さな波が蛙の目を越えていく。蛙はまばたきもせず、それを楽しんでいるかのようだ。

長き長き春暁の貨車なつかしき　加藤　楸邨

春の朝早く、長い長い貨車が通る。こんな長く繋がった貨車をみたのはずつとずっと昔の事だ。なんとはなしに郷愁が込み上げて来た。

山また山山桜また山桜　阿波野青畝（あわのせいほ）

山の深さと山桜の多さを強調するためにリフレーンを用いた。

一山暮れ一塔が暮れ花暮るる　藤崎　久を

一山と一塔、さらに、暮れるを三度繰り返して、暮れる情景の変化の味わい深さを出そうとしている。一般的に目にする日暮れの順とは逆になっているのが面白かった。

なぜかこの木の実のなぜかいまも掌に　　藤崎　久を

掌の中に握ってころころ転がしているこの栃の実はどこで拾ったものだったろう。どうして今まで捨てられずに残っているのだろう。食べられもしないこんな実が。

「なぜか」「なぜか」と二度も自分に問いかけているが、作者にはすでに答えが浮かんでいる。家族で出かけた楽しかった紅葉狩りのことが。

寒水の一塊つなぎつなぎ飲む　　伊藤　敬子

喉が乾いて真夜中に目が覚めた。風邪の熱がまだ下がらない。台所に行って冷たい水を飲む。一度に流し込むにはあまりに冷たいので、一口ずつ、ごくり、ごくり水の塊を飲み込む。喉を水の塊がつながって胃に落ちて行く。

陽炎（かげろう）の道ふりかへりふりかへり　　花巻　赤坂　毬果

何か心にかかることがあって、なんどもなんども振り返った。具体的なことは全く分からないが、よほど気にかかることがあったのであろう。春の昼のことであった。

三．詠嘆法（切れ字を用いる）

〝や〟〝けり〟〝かな〟等の切れ字を用いて詠嘆の意味を添える方法。切れ字には詠嘆を添える助動詞・助詞・感動詞等がある。

なお、「かな・けり」等は現代の言語生活では使われなくなっており、文語表現も古典の世界のみにしか通用せず化石のようになってしまった。現代の俳句は現代語で表記すべきだとする運動が昭和二十三年ごろから行われてたが、あまり進展せず現在に至っている。

現代俳句でも切れ字を用いたものを多く見かける。五・七・五の形式の中に「や」「かな」「けり」などの切れ字を入れると簡単に俳句らしくなる便利さからであろう。

是がまあつひの栖か雪五尺　　小林　一茶

降り積もった雪が軒に届きそうだ。この家が、人生最期の住家になるのだろうか、という感慨が「まあ」に込められている。それは、諦めに似た思いのように思える。「まあ」は感動詞。

冬蜂の死に所なく歩きけり　　村上　鬼城

死に近づいた冬の蜂がよたよた歩いている。聴覚をまったく失った作者は、蜂に我が身を投影させて詠んでいるように思える。「けり」は詠嘆の助動詞。

内赤く外緑なる日傘かな　　　　高浜　虚子

緑色の日傘をさした人と出会った。「こんにちわ」、傘の裏側は赤い色だった。こんな凝った日傘もあるんだなあ。赤と緑は補色関係で無彩色になるから、さしている人の顔は青ざめて見えたのだろう。「かな」は詠嘆の助詞。

秋水の走れる波の刃よ背（みね）よ　　　　松本たかし

澄みきった秋の水が急流となって下る。走る水を刀の刃とみたてたのは、あまりに水が澄み切っているからである。「よ」は詠嘆の助詞。

スケートの濡れ刃携へ人妻よ　　鷹羽(たかは)　狩行(しゅぎょう)

刃をむきだしにしたスケートを提げて女が通る。氷に刃を立てて滑るスケートは鋭利な刃物でもある。刃が濡れているようで不気味でさえあった。少女ではなく、人妻だというところを作者は強調するのはそこに艶(なま)めかしさを感じたからだろう。

自炊子の烈火にかけし目刺かな　　花巻　宮沢　賢治

自炊する学生が、七輪に炭火を真っ赤におこして目刺を焼く。煙が上がり、したたる油が炎を呼ぶ。ちょっとでも油断すると黒焦げになるから真剣である。賢治の体験であろう。

旅はうき雨の旅籠(はたご)や蜆汁(しじみじる)　　盛岡　原　抱琴(ほうきん)

旅の途中で雨に降りこめられ、湿っぽい旅館で無為に過ごすのは憂鬱(ゆううつ)だった。宿で出された熱いシジミ汁を吹きながらすするのが、せめてもの慰めであった。作者は平民宰相原敬の甥。「雨の旅籠や」に耐えられない憂鬱(うっとし)さが出ている。

みちのくの夜長の汽車や長停り　　阿波野青畝

今でも在来線はそうだが、単線の頃は、長いこと停車してすれ違いの汽車を待つことが多かった。夜汽車は外の景色も見られず、本を読むには暗すぎる。線路の継ぎ目の音も気になる。座席が固くて座り心地が悪い。そんなこんなで眠りになかなかつけない。だんだんいらいらしてくるのであった。

暖かや飴の中から桃太郎　　川端　茅舎

口上よろしく飴売りがやって来た。いろいろ細工した飴が並べられる。ハト、イヌ、キジ、花などに混じって桃太郎の顔のもあった。金太郎飴も。意味が不明だが、ぽかぽか温かくなったなぁという気持ちが「や」で表わされている。

若駒の親にすがれる大き目よ　　原　石鼎（せきてい）

生まれて初めて若草の原に出た子馬。つぶらな目をして、親に甘えてばかりいる。折れそうで危なっかしい脚だが、力が満ちてきている。「よ」は呼び掛けではなく詠嘆。

冬山やどこまでのぼる郵便夫　　渡辺　水巴（すいは）

郵便配達はたいへんな仕事である。雨の日も雪の日も休むわけにはいかない。山奥の一軒家にも届けなければならない。雪の深く積もった山を、郵便屋さんがえっちらおっちら登っていく。山陰の家に一枚の葉書を届けるために。

洗はれて櫓櫂（ろかい）細身や注連飾（しめかざり）　大野　林火（りんか）

大漁と船の安全を願って櫓（ろ）や櫂（かい）にも注連飾りがしてある。きれいに洗われてある櫓や櫂は意外に細身であった。

秋晴や上司罵（ののし）るために酔ふ　草間　時彦

飲み会は、積もり積もった鬱憤（うっぷん）を晴らすのには絶好のチャンスである。したたか飲んで上司を罵（ののし）る。こんな痛快なことが他にあろうか。すっかり吐き出した心の中は、見上げる秋の空のように澄みわたっている。

梨食うぶ雨後の港のあきらかや　　中村　汀女

雨のあがった眼下の港は、洗われたようにすっきり見える。こんなにさやかなのは秋になったせいかもしれない。ナシを食べながら荷役機械の動きに見とれている。「や」は感動のことば。

突として蜩の鳴き出でたりな　　高浜　虚子

机上を片付けてお茶をすする。だしぬけにヒグラシがけたたましく鳴き出した。もうこんな季節になったのか。終助詞の「な」には願望、勧誘、禁止などの意味もあるが、ここでは詠嘆として使われている。

旅重ね稲城に後の月見るも　　星野　立子

何日か旅をして山間の宿についた。稲扱きの終わった藁は庭の隅に円筒状に積み上げてある。旅館の傍ら田の仕事もしているらしい。昔、敵の矢を防ぐために家の周りに藁を積んだことから、積んだ藁のことを稲城という。九月の満月が稲城の上に昇った。「も」は感動の助詞。

夕鯵のたたきの旬となりけるか　　水原秋桜子

大好きなアジのたたきが食卓に出た。酒を飲みながら、もうこんな季節になったかという感慨を「か」に込めている。

底ごもる潮鳴りに夏近むかも　　上村　占魚

海の底から響いてくる重低音が腹に響く。岩に砕ける波しぶきを眺めやりながら、夏が近いなあと思う。「か（疑問）も（詠嘆）」は、少し疑問を含ませた詠嘆を表す。海風はまだ冷たいが夏の近いことを海鳴りから感じとっている。

枝豆をはじきだしては故郷よ　滝沢　金沢　希美

何のへんてつもない風景だが、故郷に来ると心が休まる。故郷には子供の頃のたわいない思い出がいっぱい詰まっているのだ。枝豆を口の中にとばしながらしみじみと思い出に浸る。ふるさとはやっぱりいい。

初市や函をでる蟹叱りもし　都南　中野　鶴平

年が明けて、初めての市が立った。聞き慣れた競りの声だが新鮮に響く。カニが箱からごそごそ這い出す。それを叱りながら競りが続く。活気に満ちた市場の景。

餅花や男女の座のありて　　三陸　水野　フミ

家族が大きな囲炉裏(いろり)を囲む。家長は横座（上座）女は囲炉裏の尻の方と、座る場所は昔から定まっている。煤(すす)けて暗い家の中に、ミズキだんご（餅花）が華やぎを添えている。小正月のワンシーン。

糸切歯弱くなりしよ夜なべ妻　　盛岡　武田　琴女(ことじょ)

夜なべに針仕事をする。糸を歯で切ろうとするがなかなか切れない。歯が浮いた感じで力が入らない。ついに鋏(はさみ)に頼った。弱っても、義歯でないことでいいとするか。

燕に雨はななめに降るものか（日経）　成瀬正とし

ここの「か」は「かな」と同じ意味で詠嘆に使われている。雨が斜めに降っているように見えるのは燕の速さを目で追うからであろう。巣の雛にせっせと餌を運ぶ燕の軽やかな姿が目に浮かぶ。「か」は、疑念よりも風雨の激しさの強調に用いた。

項目や益軒の養正訓曝(さら)す

東京　加地　とき（日経9・8・3）

この「や」の使い方はちょっと変わっている。感動の「や」は季語に用いるのが普通であるが、この句では、季語の「曝す」ことに感動しているのではなく「項目」の多さに感動している。

四・対照法（対句・対比・対照）意味の対立した語句を並べて両者の状態を対比させ、情景の面白みをだす方法。

横に敗れ縦に敗れし芭蕉かな　　高浜　虚子

昨夜の風雨でずたずたに破れた芭蕉の哀れな姿。芭蕉は風雨に弱いとは聞いていたが、こんなにもみじめに破れるものか。「縦に破れ横に破れ」で、ずたずたに破れた様子が鮮やかに描写された。芭蕉は秋の季語。

人も旅人もわれも旅人春惜しむ　　盛岡　山口　青邨

平泉中尊寺は観光客が多い。春の終わるころ、作者もその一人として拝観して回った。ここには芭蕉も来て、「三代の栄耀一睡のうちにして」滅び去った平泉文化をしのび涙を落としている。行き交う人も我も旅人であり、いつかはこの地から去っていく。芭蕉は年も月も日も通り過ぎていく旅人であるといった。人も植物も時間もみな旅人でありいつかは消える運命にあるのだ。旅人である我も。生き方の異なる我と人とが晩春の古刹(こさつ)で共に春を惜しむ。

耕せば動き憩(いこ)へばしづかな土　　中村草田男

馬が鋤を引っ張ると土がむくむくと動く。馬が止まると土が静止する。土は生き物である。百姓は作物を作る前に土を作る。土を作るとは土に栄養を与える事で、動物を肥やすように土を肥やすことである。活力を与えられた土たちは、静かに作物を育てる。土は不思議な生き物である。

いくたびも病みいくたびも癒え実千両　石田　波郷（はきょう）

何度も入院し何度も退院した。今度は駄目かと思ったが生きて我が家に戻ることができた。驚くほど変形した胸をさすりながら庭を見た。風雪に耐えて今年も赤い実をつけた千両の逞しさにあやかりたいと思う。

秋風の墓の面とわが面　石田　勝彦

秋風の中、親しかった人の墓の前に立つ。墓の面と自分の面をつれなく風が吹きぬける。墓の人の思い出が脳裏をかけめぐる。後ろ髪を引かれる思いで墓を後にする。

犬の目と鋭さ同じ猟夫の目　松村　竹炉

猟師の目と犬の目の鋭さが同じである。という単なる説明だけでなくマタギの服に獣を見た。

山に蘭渓(たに)に石得て戻りけり　　青木　月斗(げっと)

ランは歳時記では秋の季語としてあるが、夏の花のように思う。山で珍しいランを見つけ、谷で気に入った水石を見つけた。収穫の多い一日であった。

駆込の寺に実ある木実のない木　　平本くらら

尼寺の中に実のなっている木と実のなっていない木があった。この縁切り寺にいろんな人が駆け込み、そして、縁切りができた。しかし、それらの人が、果たして縁切りしたことが幸せであったかどうか。「実のある木」「実のない木」はそうした人々を暗にさしている。

年あらた机上は去年（こぞ）をそのままに　　及川　貞

新年になって、すがすがしい気分がみなぎる。だが、机の上は去年のまま乱雑であった。大晦日仕事をしたままになっている。今年こそはこれをまとめあげよう。そんなファイトが湧いて来る。

鏡餅畳百畳僧一人　　花巻　神　庸子

寺であろうか。だだっ広い畳敷きの間。百上敷の本堂にはそれにふさわしい大きな鏡餅が飾られてある。僧が独り新春の経をあげている。

紅梅の中の白梅すこしあり　　盛岡　竹本　白飛（はくひ）

一面紅梅の林。紅梅といっても紅の濃いのも淡いのもある。なぜか、その中に白梅が少し混じっていた。

五．疑問法（反語として作用してものは反語の項に）

疑問の助詞等を用いて疑問の情感を強める方法。これは句の鑑賞のしかたによっては詠嘆になったり反語になったりするが、疑問の強いものをとりたてて疑問法とする。

花の雲鐘は上野か浅草か　松尾　芭蕉

どんより曇ってけだるいさ朝。余韻を引いて鐘の音が聞こえてくる。上野の寛永寺(かんえいじ)の鐘だろうか、それとも金龍山(きんりゅうさん)の鐘だろうか。どこの森も満開の桜でぼうっと霞んでいる。

はるかなる光も畠を打つ鍬か　皆吉(みなよし)　爽雨(そうう)

畠のはるか向こうに、ときどき、きらっきらっと光るものがある。鍬が光るのかな。近くでも畑を掘っているから。のどかな田園風景の一こまである。

田螺(たにし)ころ精舎の鐘の聴こゆるや　　福田　蓼汀(りょうてい)

タニシよ、お前にもあのお寺の鐘の音が聞こえるか。田の中の泥を這(は)って一生を終えるお前にも諸行無常と聞こえるかい。

銀行に生れて蝿の何食うや　　林　薫

建物の内で立派なのは銀行と保険会社だ。共に他人の金を集めて太った会社だが、中に居た蝿までがまるまる太っている。首などに来て文字通りリップサービスする。銀行の中で生まれた蝿は何を食っているのだろうか。札束かな。それとも利息かな。

雨蛙おのれもペンキ塗たてか　芥川龍之介

ここのベンチも「ペンキ塗り立て」だ。アマガエルさんよ、お前もペンキ塗り立てか。葉っぱに乗っかって遊んでいるお前さん。緑のスーツがつやつやしてすてきだよ。

あの音は如何なる音ぞ秋の立つ　高浜虚子

聞いたことのない音がする。いったい何をしている音だろうか。冬がもうすぐ来るというのに、こんな間の抜けた音をたてて何をしているのだろう。

終戦日弱震一つは何の意ぞ　百合山羽公（ゆりやまうこう）

弱い地震があった。それも一回きり。この揺れは、遠くに爆弾が落ちたあの時に似ている。敗戦の記念日にこんな地震が起こるのは何かが起こる前触れではないのか。

鬨(とき)挙げて子等が雪間に何得しや――　葛巻　遠藤零余子(むかご)

子供らが「わぁっ」と歓声を挙げた。雪の中に何を見つけたのだろうか。

寒念仏わが老星はいづこにや――　和賀　吉田みよ志

夕方、寒念仏の一行が通る。独特なリズムのお題目も太鼓の音も遠ざかって行く。後には身を斬る寒さと星空のほか何も残らない。私の運命の星はどれだろう。

萩の風何か急かるる何ならむ　　　水原秋桜子

初日記充たすもの何欠くるもの何　　　野沢節子

六．倒置法

後にくるべき述語を、それにかかる修飾語より前にもってきて、強調等の変化の効果を期待する方法。（下線は後にくるべき語）

風に落つ楊貴妃桜房のまま　　　杉田久女（ひさじょ）

楊貴妃桜とはどんな桜かは知らないが、濃艶な花が想像される。この桜は房のまま落ちた。たぶんまだ十分開かないうちに無理やり風に揺さぶり落とされたのだろう。作者は、「風に落つ」を俳句の冒頭に持ってきたのは、風に無理に落とされたことを強調するためである。

毎年よ彼岸の入りに寒いのは　　　正岡　子規

「暑さ寒さも彼岸まで」のとおり、秋の彼岸になると寒くなる。しかも、「毎年」そうなる。病床にある作者にとっては、彼岸になると寒い冬が思われて憂鬱になる。寒さがもっと遅く来ないものか。

鰯食ふ大いに皿をよごしては　　　八木林之助

イワシは頭から丸ごと食べれば皿はあまり汚れないが、箸でほぐして食べると皿が甚だしく汚れる。油の乗りきった真イワシであろう。小骨や内臓が散らかしほうだいで、汚くなった皿から一家団欒がうかがわれる。誰もの皿が汚れきっている。イワシだからよけいに皿の汚れがひきたって、面白い。

角伐られても争へり雄鹿らは　　　　和田　常一

どんな動物でも雌を争って雄は争う。時には血を流す事さえある。武器である角が伐られても本能的に雄鹿は争う、というのである。「角を伐られても争っている」を強調したくて前に持ってきた。

三鬼あやふし流れ若布の漂ふ間も　　　　石田　波郷

振興俳句運動に挺身した西東三鬼（斉藤敬直）が今病床にあって生死の境をさまよっている。作者は今海岸にいて、波間に漂うちぎれたワカメを見つめている。三鬼の安否を気遣いながら。

目刺し焼く猫のまなこを叱りつつ　東和　小原　米男

家中に匂いをこもらせて目刺しを焼いている。猫がいち早く感づいて、少し離れたところからじっとこちらを伺っている。叱られた猫は薄目を開けたままそっぽをむく。が、逃げようとしない。

花うぐい清流戻る瀬を染めて　江釣子　山下　碧水

水の温む頃、瀬にウグイが産卵のため群がる。腹部に紅い縦線をもった雄が入り乱れ瀬が華やぐ。瀬をあかく染めてウグイの狂喜乱舞するふるさとの川。

トラック発つ蜆叺に水打って　遠野　佐々木北斗

早朝、シジミを詰めたかますをいっぱい積む。新鮮さが少しでも長持ちするように、冷たい水を荷にかけてからトラックは出発した。家族に見送られながら。

梨花散るよ地によろこびのあるごとく　二戸　沢藤　紫星

秋刀魚(さんま)焼く路地裏なれば軒並に　盛岡　大西　青波

屠蘇(とそ)注げよ秀衡(ひでひら)椀のこの中に　金ケ崎　佐々木幸男

七．反語法

わざと真意とは反対な肯定または否定の疑問の形で問いかけて、その裏にある真の意味を強調する方法。断定を強めるために用いられる。意味の取り方によっては疑問法となることもある。

冬の風人生誤算なからんや　　飯田　蛇笏（だこつ）

自分の人生を振り返って、計算違いが無かっただろうか。いや、あった。あの時のあの考えが間違っていた。体の芯までしみる北風の中で、断腸の思いが身内を走った。

砂町は冬木だになし死に得んや　　石田　波郷

一本の枯木さえない砂の町。こんなところで死ねるだろうか。死ねはしない。ここで死ぬのはあまりに寂しすぎる。寒さが身にしみる。

夜光虫中年の実り吾にありや　八木林之助

不惑を過ぎたこのおれに実りある人生が果たしてあるだろうか。中途半端に生てきたこのおれに実りなどあるはずがない。夜光虫の青白い燐光が群れて波間に漂っているのを見つめながら作者は考える。

鴛鴦（おしどり）の深淵に得し妻なるか　中村草田男

雌雄のどちらかが姿を消すと残された方が焦がれ死にする、というオシドリのつがいが青く澄んだ淵に浮いている。このオシドリはこの深い淵の精をめとったのだろうか。きっとそうに違いない。冬羽は淵の色によくマッチして美しい。

臘梅（ろうばい）や痩文字一生つらぬくか　寺田　京子

これではいけないと思いながらも、ひょろひょろした痩せ文字を書く癖がなかなか直らない。一生こんな文字を続けていくのか。いや、今に立派な字にしてみせる。窓からロウバイの香りが流れ込んできた。

八・呼びかけ法

命令・勧誘・願望・の言葉を用いて作者の気持ちを添える技法。

すずめの子そこのけそこのけ御馬が通る　　小林　一茶

この句の「御馬」は駄馬ではなく威張っている役人の乗った馬であろう。雀の子に、無礼打ちになるから早く逃げなさいというアイロニーが含まれている。

一茶は、日常の生活感情を俗語で平明に表現する特異な俳句を作った。

この句の用語は現代の口語そのものでもあり、言文一致である。平安時代ですでに衰退した文語表現を未だに後生大事に用いている現代俳句に示唆を与えているように思える。

こほろぎのこの一徹の貌(かお)を見よ　山口　青邨

古くは、きりぎりすとして愛されたこおろぎの顔を拡大して見ると、実に不敵な面構えをしている。これがあの素敵な音楽を奏でる演奏家かと、不思議に思える。この頑固そうな顔も眺めていると、長い髭を振って愛嬌をふりまいているように思えてくる。

無数蟻ゆく一つぐらいは遁走(とんそう)せよ　加藤　楸邨

蟻が行列を作って行き来する。列からはみ出すものもなくひたすら急ぐ。魂が抜き取られ腑抜けにさせられたそれらには逃げようとする意思さえない。昔の軍隊のように。こんなに沢山いるのだから一匹くらいは自由な世界を求めて遁走しろよ。見ていて歯がゆくなる。

梅雨の夜の金の折鶴父に呉れよ　　中村草田男

うっとうしい梅雨の続く。家の中まで湿っぽく、気分もなんとなくすぐれない。電灯も気のせいか暗い。その下で子供らが鶴を折っている。中に金紙のものも混じっている。その金の鶴をおくれ、うっとうさを吹き飛ばすために。

林中の一樹の芽吹き妻癒えよ　　山口一舞子

枯れ木の中にいちはやく芽吹いてる一本の樹を発見した。こんなに寒いのに、奇跡のように明らかに芽吹いている。闘病生活にある妻もこの樹のように早く生気が蘇って欲しい。この樹を偶然発見したのはなにか良いことのある前兆ではないのかな。

尼寺のたんぽぽ呆けよみな呆けよ　星野麦丘人（ばくきゅうじん）

タンポポの絮（わた）が風に乗って飛んで行く。パラシュートのように種をつけて。母性を捨てて仏に使えことを選んだ人の寺。与謝野晶子の歌「熱き血潮に触れもみで~道を説く君」が脳裏をかすめる。いちめんのタンポポ。早く全部ほおけて宇宙へ種を飛ばせ。

春しぐれ篁（たかむら）過ぐる音聴けよ　安住　敦

急にやってきた雨が竹藪を覆う。屈託した心を洗い流して爽快な気分にしてくれる。松風もいいが、たかむらに降る春しぐれのこの音をぜひ聴きなさい。

栗飯を子が食ひ散らす散らさせよ　　石川　桂郎

家族団欒の中で栗御飯を食べる。栗が砕けて口からぼれ落ちる。そんなの気にせずどんどん食べなさい。食欲の秋だ。

忘れたき病春眠醒めずあれ　　西根　遠藤　希江

髪切虫ならば亡師の髪くれよ　　松尾　堀米　秋良

九．押韻法（頭韻・脚韻、類似の単音の反復）

正しくは、五音・七音・五音の各句の初めまたは終わりの韻を揃えることを押韻という。句の中に同じ韻を多く用いることもここでは押韻としておく。押韻は、同じ韻を多く揃えて韻律的な効果を強調する技法である。意図的に韻を揃えるのは漢詩や英詩に多いが、俳句の場合は意図的にすることよりも、作者が無意識のうちにそういう句を作っていることが多いようである。作者の豊かな感性に基づくものであろう。

雁わたる菓子と煙草を買いに出て　　中村草田男

五・七・五の頭を「カリ」「カシ」「カイ」と同じ音を重ね、快い響きが秋の爽快な気分をだしている。頭韻。

会いたき人あまたかぞへて秋果つる　池田　久和

五・七・五の頭を、折り句のように、「あい」「あたま」「あき」と同じ「あ」ではじめてあり、頭韻になった病躯の人か。

蚊遣して児が泣いてゐて貧しくて　安倍　青圃（せいほ）

「〜して」「〜いて」「くて」と忙しくたたみかけて、余韻を残して最後も連用修飾語で、ぷっつり切った。脚韻になっている。連用修飾語をたたみかけると、心せわしい感じが出る。

みちのくのみみず短し山坂勝ち　中村草田男

ずんぐりむっくりのみみず？　寒い風土の中に育ったみちのくの人は脚も短いとみた。明かるく軽快な「み」の音が繰り返されることによって陰鬱（いんうつ）さが救われている。

啄木鳥（きつつき）や落葉をいそぐ牧の木木　水原秋桜子

「キツツキ」「オチバ」「イソグ」「マキ」「キギ」と明るく響きのいい「i」音を多用することで、秋のさやかな光景が生かされている。

枯園に向かひて硬きカラア嵌（は）む　山口 誓子

冷たい襟カラーをはめ込んでいる目の前に草も木も枯れた冬の庭園が広がっている。「カレソノ」「ムカイ」「カタキ」「カラア」の音が響きあって、冬の朝のきりっとした気分がでている。

鴨渡る鍵も小さき旅鞄　中村草田男

「カモ」「カギ」「カバン」と「カ」の音が重なった。偶然にこうなっただけだろうが、響きが面白い。

ゆく年の股間をくらく靴磨　盛岡　小原　啄葉

「ク」「ク」「クク」の重い響きと、「行く」「股間」「暗く」「靴磨き」の年の暮の重たい感じの用語を無意識の内に選択した。

一句二句三句四句五句枯野の句　久保田万太郎

ものさびしい枯野に立つと、情景が琴線に同調してつぎつぎと句が生まれてくる。同じ文字の同じ音が視覚と聴覚に快い。当意即妙の句。

十．象徴

主題を、直接ではなく自然の情景や他の事物を借りて暗示的に表現する方法。

わけいりし霞の奥も霞かな　　盛岡　原　逸山（いつざん）

いちめん霞の立ちこめた村に入った。そこを抜けても深い霞まだ続いていた。その次の村も霞だった。晴れること無く霞がつづいた。政治的難題を一つかたづけても次の難題が出てくる。霞は難題を象徴しているように思われる。作者は、平民宰相原敬。

いづくにも虹のかけらを拾ひ得ず　　山口　誓子

虹のほんとの姿は円であるが、地上からは半円しか見る事ができない。

しかも、ふつうは半円のどこかが欠けて見える。その欠けた部分はどこにあるのだろうか。幸せの姿にも完全なものは無い。「青い鳥」を探し求めるチルチル、ミチルのように、作者も欠けた虹の姿を通してふと我が身の幸せを求めてみる。虹は幸福の象徴でもあろう。

芹の水満つることなく減ることなく

盛岡　田村　了咲（りょうさく）

この句の句碑が盛岡八幡宮の境内にある。

いつも通る道端。極端に多くなることも少なくなることもない小さな流れ。それは芹にとってちょうどよい流れであった。その流れは庶民生活の流れに似ていた。

いつまでも遅れ蚕の桑を食う　盛岡　泉田(いずみた)　愛泉(あいせん)

繭を作る準備のできた蚕は体が透きとおってきて桑の葉を食べなくなる。おおかたの蚕は頭を上げて巣作りを待っているのに、中にはまだ悠々と桑の葉を食べているものもいる。この蚕はきっと素晴らしい繭を作るに違いない。大器晩成と言うから。蚕と身近な人間とが重なる。

戻りくることなき蜷(にな)の道一つ　石川　恵兆

沼の中に曲がりくねった微かな道が見える。その先端て三角錐の黒いものがゆっくり動いている。それが蜷だ。蜷は決して後戻りしない。自分の人生も曲がりくねっていた。迷いながら後戻り出来ないままに今日まで行きて来た。蜷の道と自分の道が重なった。

在祭大きな杭の立ちにけり　　盛岡　小原(おばら)　啄葉(たくよう)

一本の杭が、村の祭りの象徴になっている。境内に立てられた祭りの準備中の杭を見たとたんに、幼い頃の楽しかった村祭りの情景が脳裏によみがえる。

十一・条件法

用言に、ば、ど・ども、と・とも、も、等を伴って、順接・逆接の仮定条件や確定条件を強調する方法。

みちのくの雪深ければ雪女郎　　山口　青邨(せいそん)

北国の温泉地で雪の中を行く浴衣姿の女とすれ違った。色白で餅肌でぽっちゃりした可愛い女だ。なんとなく心惹かれるものがあった。これは伝説の雪女郎ではないのか。背筋に冷たいものが走った。それにしても鄙（ひな）にはまれないい女だった。雪が深いので、雪女郎が現れた（順接の確定条件）。

深ければ……已然形＋ば、は確定条件、

深かれば……未然形＋ば、は仮定条件

しぶとかるべしこの兜虫声出さば　加藤楸邨（しゅうそん）

（順接の仮定条件）。兜虫が糸を引っ張る。じりっじりっとバネのような力でなかなかへばらない。もしこの虫に声があるならば、そのうめく声が聞きたい。

順（したが）へば抜ける知恵の輪年忘　轡田（くつわだ）進（すすむ）

抜けそうでなかなか抜けない知恵の輪。がむしゃらに外そうとするからすぐ行き詰まる優しく素直に扱えば解けるのに。忘年会の一興であった。素直に従えば～解ける（順接の確定条件）。

ものの芽のはね返りくる縄とけば　　田中　愛子

雪の降る前に、雪折れを防ぐために枝をまとめて縄で縛っておいた。春になって芽吹いてきたので、それをほどいた。枝がバネのように跳ね返って来た（順接の確定条件）。倒置にもなっている。

他意なけれど兜虫おさへこむ　　檜　紀代

いじめてやろうなどとは思わないがカブトムシを押さえてみた。それでもぐいぐいと前進しようとする。すごい力だった（順接の確定条件）。

島人は凪といへども土用波　阿波野青畝（あわのせいほ）

高い波が来ている海だが、島の人は今日は凪いでいるという。海に慣れない私には荒れているように見えるのに。凪ぎというけれども～波が高い（逆接の確定条件）。

雪ふるやきのふたんぽぽ黄なりしに　山口青邨

昨日見た時には陽をいっぱい吸ってタンポポが咲いていたのに、今は雪が降っている。この雪も明日は消えるだろう。タンポポが咲いていたけれども～今日は雪が降っている（逆接の確定条件）。

十二・幻想法（イメージ、想像）

自然の描写より出発して、それを更にイメージ化して幻想的に詠む。

または、現実と虚構の融合によってかもし出された情念を詠む方法。芭蕉の句に多い。

爛々(らんらん)と昼の星見え菌生え　　高浜　虚子

遠くからやって来た俳人から土産に松茸を貰った作者は、松茸の生えている山の姿を想像してみた。鬱蒼(うっそう)と繁った林の暗闇の中に生えている茸(きのこ)。頭上の繁りの隙間から昼でも星々が爛々と燃え輝いて見えるさまを思った。七十四歳の作。これは写生ではない。貰った茸を見て脳裏に展開した幻想的な光景を詠んだのである。

てんと虫一兵われの死なざりし　　安住　敦

敵の戦車に爆弾を抱えてつっこむための一兵卒として待機していた作

者は、終戦によって命拾いをした。思いもかけず命拾いをした己の明日について、翅を割って飛び去るテントウムシを見ながら思いを致すのである。テントウムシの姿と兵卒とがオーバーラップしている。

象潟や雨に西施がねぶの花　　松尾　芭蕉

雨の中で、美人の睫を思わせる薄紅色の合歓の花が咲いている。葉は夜とじて眠るのでこの名がついている。芭蕉が合歓の花を見た瞬間、中国の昔の美女「西施」が閃いた。西施の容色に溺れている呉の国の王の姿を想像した。雨にぬれた西施の姿が、松島に似た象潟の景観の中にあった。ネムの花と西施のイメージが溶け合った。

たばしるや鵙叫喚す胸形変　　石田　波郷

手術で胸は変形したが、九死に一生を得た作者に、モズが激しい声を浴びせる。狂ったような声を出すモズのこの姿が、かつての我が姿の一駒ではなかったか。

鰤(ぶり)起し第九と怒濤韻(ひび)きあふ　　佐久間東城

海辺の宿で怒濤の音に聞き入っていると、ベートーベンが長い年月をかけて作り上げたという第九交響曲がよみがえって来る。折りから冬の雷がなり出した。怒濤の音と雷とが響き合って、作者の体の中で一大交響曲が始まった。

虹消えて虹でなかりしものも消え　　藤崎　久を

行く手に虹が現れた。虹にまつわるいろいろな思い出が浮かぶ。今日は何かいいことがありそうな気もする。しばらくして虹が消えた。楽しい気分も消えてしまった。他界した親しかった友が偲ばれる。

とこしへにたたかひたへず蟻地獄　西根　駒ケ嶺不虚

永久に戦争が絶えないのか。蟻地獄のような人間社会を、人間の知恵を結集して極楽浄土のようにできないものかと、僧である作者は心を痛める。蟻地獄に戦争の悲惨さが重なる。

兜虫兜もつゆゑ戦へり　盛岡　武内千賀詩

われ蜂となり日向葵(ひまわり)の中にゐる　深見けん二

ごうごうと天を流るる冬銀河　　中村　苑子

十三．どんでん返し（龕灯返し）　意外性

句の内容を、急転回させて意表をつく方法。予想とは違う方向にひっくり返すことで面白みを出す。（　）の部分を想像してみてから、全体を鑑賞してほしい。

開きたる北窓（　　　）

暖かくなってくると、冬の間締め切っていた北側の窓を開く。薄暗かった部屋中に急にぱっと明るくなる。海も空も眩しくいい気分になった。が、次の言葉で様子が一変する。目の前を、大きな船がきて塞がれてしまった。船が通り過ぎるまでの間暗い気分にさせられた。

開きたる北窓船の来て塞(ふさ)ぐ　　　釜石　四の宮白帆

多喜二忌の青空が出て（　　　）

小林多喜二の生涯は暗かった。思想犯として収監され、獄中、拷問で死んだ。その多喜二の命日は朝からずっと曇りどおしだった。ところが意外にも夕方になって急に雲が切れて青空が現れた。しかし、ほどなく暮れた。青空が出て憂鬱(ゆうう つ)な気分から解放されるが、すぐに日が落ちて暗くなってしまった。多喜二の生涯に似ている日であった。

多喜二忌の青空が出て日暮れ前　　　盛岡　浦田　一代

出稼ぎに行かぬ（　　　）

今年は出稼ぎに出ないことになった。子供らは特に嬉しそうである。ところが、本人は出稼ぎに出ないことを炬燵（こたつ）に入りながらいつまでも悔やんでいる。

出稼ぎに行かぬを悔いて春炬燵（こたつ）　湯田町　菊池　和枝

栄転と言われ（　　）

栄転だとみんなから祝福された。が、任地は街から遠く離れた僻地（へきち）であった。

栄転と言われ僻地へ啄木忌　盛岡　駒込つた子

へちま下がり長生きする（　　）

長生きをすることは、望ましくめでたいことである。が、作者にとってはそれが腑に落ちないのである。

へちま下がり長生きすること腑に落ちず　　竜岡(たつおか)　晋(しん)

早苗饗(さなぶり)の炉の大鍋（　　）

田植えが終わってから、手伝ってもらつた人々を呼んでご馳走する慰労の宴。大鍋から盛んに湯気が立ち昇り、忙しく立ち働く近所の主婦たち。これはたいへんなご馳走が出るぞ、そんな期待が前半から想像できる。が、下の句で裏切られる。

早苗饗(さなぶり)の炉の大鍋は馬のもの　遠野　佐々木北斗

田植えが終わったお祝いだからと期待していたのに、馬の物とは。

蒲の穂のほほけつくして(未だ飛ばず)　五十嵐播水

ガマの穂が焦茶色になって膨れて切った。だが、まだ飛ばない。

ぶらんこの人を降ろして(重くなり)　笠松町　竹仲　敏治

(朝日俳壇　22・4・26)

十四・無常観

海鼠(なまこ)切りもとのかたちに寄せてある　盛岡　小原　啄葉

この句に惹かれるのは、読み終わった時、無常観が心の琴線に共鳴するからであろう。

牡丹散つてうちかさなりぬ二三片　　与謝　蕪村

ちりてのちおもかげにたつ牡丹かな　　与謝　蕪村

大好きだった大輪の牡丹もやがては散ってゆく定めにある。人も同じ。

第五章　呼応法

呼応とは、文中で、上に一定の語がある時、下にこれに応ずる語句が規則的に現れ一定の意味をもつことで、係り結び、禁止の呼応、疑問の呼応、否定の呼応、仮定の呼応等種々ある。

一・係り結び（詠嘆の呼応）

係り結びは呼応関係の一種で、奈良・平安時代、和歌の世界で流行した修辞法で三種類あるとされるが、一般には係りの助詞の種類により、連体形で止める場合と已然形で止める場合の二種類をあげられている。その二種類は、係りの助詞が「か・や・なむ・ぞ」の場合は結びを連体形にし、係りの助詞が「こそ」の場合は已然形で受ける法則である。

また、係りの助詞があるにも拘らずそれを受けるべき述語が結ばずに続けられる場合があり、これを転結といい、係り結びの変形として扱われている。私はこの転結は係り結びとしては扱わず、係りと結びが完全に呼応している場合のみ「係り結び」として扱うべきと考える。

鈴に入る玉こそよけれ春のくれ　　三橋　敏雄

（こそ～已然形）。鈴の響きの善し悪しは中に入れる玉によっても決まる。この鈴の音色のいいのは中に入っている玉がいいからだ。春の夕方、鈴の音色を楽しんでいる。

春暁やひとこそ知らね木木の雨　　日野　草城（そうじょう）

（こそ～已然形）。「春はあけぼのがすばらしい」と清少納言が言うように、たしかに晴れた春暁はすばらしい。この句は、春雨が音もなく木々に降り注いでいる春暁の味わいを誰も知らないだろう、という意味である。春暁の情景は、眠い季節なだけにあまり見られていない。作者はそれをたまたま目にした。だから、こんなすばらしい景を誰も知らないだろうと自慢してみたくなった。

連休の先駆みどりの日や晴るる　直井　鳥生

（や～連体形）。緑の週間が始まった。これが始まるともうすぐ月末から五月初旬にかけての大型連休がやってくる。幸先のいいことに、緑の週間は晴天で始まった。

二．禁止の呼応（禁止には願望が含まれている）な～そ、ゆめゆめ～な。なにとぞ・どうか・どうぞ・ぜひ～してほしい、などがある。

「な～そ」は俳句ではほとんど用いられない技法と思っていたが、次の例句が偶然見つかった。

はらいそへ道な迷ひそ草の花

鎌倉　山崎　文代（日経8・11・17）

この場合はの「な～そ」の呼応は「どうぞ×××をしないでくださ い」という意味。

「はらいそ」はキリシタン用語で「天国」のこと。途中の道を迷わず天国に行きなさい。「な（副詞）」の下に「動詞の連用形＋そ」形で続き、相手に懇願し婉曲（えんきょく）な禁止の気持ちを示す。単に禁止だけ示すこともある。
次の菅原道実の歌の中にも「な〜そ」の呼応関係が入っている。

東風（こち）吹かば匂ひおこせよ梅の花　主なしとて春な忘れそ

三．疑問の呼応（反語になることが多い）

あに〜や、いずくんぞ〜む、いかで〜か、などがある。

四．否定の呼応

決して〜ず、断じて〜ぬ、ゆめゆめ〜まじ、などがある。

五．仮定の呼応

よしや・もし・たとい～とも、などがある。

第六章　中止法

一般的に、文は終わりは述語の終止形で止めるのが基本であるが、俳句では文末を名詞、用言の連用形や已然形で止めているものがある。こういう中途で切る用法を中止法という。

一・体言形止め（名詞止め法）

俳句の終わりを名詞で止めてあるものがある。それを体言止めという。その多くは最後に来るべき述語が省略された形であるが、この体言止めはより断定的で回帰効果が強いといわれている。述語の省略は、音数の制約から言葉を極端に省略する必要に迫られる俳句の必然的な選択であった。述語を省略しても意味がほぼ理解できるという日本語だけの特性を生かした方法でもある。また、日本語には、文の意味を統括して決定する言葉を文末に置くという特性がある。これを文末決定性という。俳句ではその文末が省略されることが多いのは、余韻をもたせることとは別に、読者が豊かな創造力で自由に鑑賞できるという利点ともなっている。こういうことは理化学の文では絶対に有り得ないことである。

昼吸ひし白光を吐き夕牡丹　　山口　青邨

日中、太陽の光りをいっぱい吸った牡丹が、夕方その光を静かに吐き出している。白牡丹の息きづかいが感じられる句である。

咲きみちて庭盛上がる桜草　　山口　青邨

庭の一画にある桜草の群落がいっせいに咲いた。庭全体の中でそこだけが盛り上がって見える。花のステージが出来あがった。

朝顔や濁り初めたる市の空　　杉田 久女

幾種類かの大輪の朝顔が軒下に咲いている。咲いたばかりの花を見ているとまことにすがすがしい気分になる。町の空に目を移すと少しずつ濁り初めている。かまどの煙りが立ち始めたからだ。今日も暑くなりそうだ。

なんの湯か沸かして忘れ初嵐　　石川 桂郎（けいろう）

急に思い立ってヤカンを火にかけた。外は激しく風がふいている。この秋初めての嵐である。家の外を一回りして飛ばされそうな物を片付けて戻ると、ヤカンが湯気を噴いていた。なんのための湯だったかな。火を止めて、座って考える。なかなか思い出せない。

蒲公英(たんぽぽ)のかたさや海の日も一輪　中村草田男

砂浜にタンポポが一輪咲いている。荒い浜風に耐えて、金細工のように堅く、砂にはりついている。海の上にも金細工の太陽が一輪輝いていた。うららかな春の午後であった。

水にうく日輪めぐり葦の角　皆吉(みなよし)　爽雨(そうう)

やっと雪が消え、沼にも水が少しではあるが溜まり始めた。アシの鋭い芽が伸び初めた。太陽の映る辺りには特にアシの緑の角(つの)が目立つ。長かった冬を息災で越えたことを喜びが感じられる。

鶺鴒(せきれい)の一瞬われに岩のこる　佐藤　鬼房(おにふさ)

長い尾を上下に振って川の中の岩に止まっていたセキレイが、瞬きする一瞬の間に消えた。そこには岩だけがあった。「〜の一瞬」で切って間を入れる。中間切れにもなっている。

針箱に隠し財布や夜なべ妻　　岩手　千葉甲子郎

早く休んだらいいのに、時間を惜しんでせっせと縫い物をする妻。それには理由があった。孫に買ってやりたい物があるため、ほまち稼ぎをしているのだ。夜なべをして溜めたほまちは、こっそり針箱の底に隠して。

町のみを来しわれなるに草じらみ　　盛岡　田村　了咲（りょうさく）

町の中だけを通って来たはずなのに、ズボンの膝のあたりに草虱（くさじらみ）がついていた。大学の裏門のあの辺りでついたのかな。

屋根にまで犬の来てゐる雪卸　湯田　山崎和賀流（わがる）

積雪の多い西和賀地方では、冬は二階から出入りする家が多い。一階が雪で埋もれるからである。雪おろしは危険な作業であるが、どの家でも家族総出でこの仕事に当たる。犬まで屋根に登っている。

白鳥の首はひらがな引き支度　滝沢　金沢　希美

白鳥の長い首は動作によっていろいろな形にやわらかに曲がる。それは、ひらがなのような滑らかな線だ。「白鳥の首はひらがな」の表現に作者の愛情が伺われる。白鳥は北に帰る支度を始めている。

二．連用形止め（連用中止法）

五・七・五の三句の内のどこかを、動詞などの活用語の連用形で中止したり、連用修飾語で止め、それを受けるべき語句を省略する方法がある。これを連用中止法ともいう。

ピストルがプールの硬き面にひびき　山口　誓子

「響く」と終止形にしないで、「響き」と連用形にしたのは、余韻を残すための技巧である。ピストルの音とともに、飛び込む音、周囲のにぎやかな応援も余韻として残る。

膝に来て模様に満ちて春着の子　中村草田男

お正月、花柄の着物の子が寄って来て抱っこした。「膝に来る」となるところを「膝に来て」と連用形で切ったのは、余韻をもたせるためである。なお、この句は倒置法も用いられている。

剛直にみちのくの虹刈田より　　森　澄雄

「刈り田より」どうしたかの部分が省略されている。このように、説明しなくても想像してもらえることは省くのが俳句の常道である。中尊寺の森を煙らせてやって来た時雨が通りすぎた。たちまち、稲を刈った後の田圃に虹が立った。ふだん見かける虹より輪郭がはっきりしている。それを剛直と表現してみたのは、みちのくの人の実像を重ねるためであったろう。

開帳や五つの指のしなやかに　　森田　峠

厨子(ずし)を開いて秘仏を信徒に拝ませることが開帳。気候の良い春に行なわれる。僧がおもむろに厳かに厨子を開く様子。尼僧のようにも思われるが、白くて細い五本の指をしなやかに動かして厨子を丁重に開く。

「しなやかに」の次に来る筈の述語が省略されている。

藤見舟大岩曲がるときゆるく　一関　今野　基子

船頭の追分にのって観光客を乗せた藤見舟が水面を滑る。切り立った岩壁の途中にライオンの鼻に似た岩が突き出ている。それを渓流から仰ぎ見て猊鼻（げいび）渓と名付けられた。藤の名所。「緩く」に続く言葉が省略されている。

溶岩山の老鶯朝の草に啼き　釜石　四の宮白帆

製鉄の際出るノロ（鉱滓）は熱いうちに捨てる。それが山を為して、夜には赤々と燃えて見える。この山をラバ（溶岩）山という。このあたりには木がないから草の中でウグイスがないている。夏のウグイスを俳句では残鶯とか老鶯という。「鳴き」で切って余情を残した。

母の死の不如意水鶏が闇に鳴き　　花巻　大畑　善昭

もっと生きていて欲しかった母が黄泉の国へ旅立った。人の命は意のままにならぬのは分かりきっているのに、腑甲斐無い医術を恨めしく思う。クイナが闇の中で鳴いている。母が遠くで呼んでいるかのように。「鳴き」の次にどんな言葉を補えば作者の心が満たされるのか。

落椿水の平らの狂ひなく　　松尾　堀米　秋良

真っ平らな水面に、ツバキの花が形を崩さず落ちる。広がった波紋が消えて、何ごともなかったように元の平らな水面に戻る。人の死がすぐ忘れ去られていくように。

漉き入れて濡色のこる山の萩　　盛岡　小原　啄葉

萩を散らして和紙を漉く。押し花にした乾いた萩が、漉き込まれると瑞々しく見える。「漉き入れて」に続く言葉は「乾かしても」か。

三・連体形止め（連体中止法）

五・七・五の三句の内のどれかを、動詞などの活用語を連体形で止める方法、また、句の終りを連体修飾語の形で止める方法で、それを受ける語句が省略される。これは余韻効果を期待するための技法で、意外に多く目につく。

灯も雪も宵出格子の春めける　　石川　桂郎

「春めけ＋り」と終止形となるところを、「春めけ＋る」と連体止めにして以下を省略したのは、余韻をもたせようとしたのであろう。「灯も雪も宵」と中間で切り、しかもそこが名詞止めになっている。この句の内容は、雪の降る夕方、格子の出窓の前を通って、ふと春めいてきたなあと感じたというのである。朱塗りの建物のように思われる。

春のくれ夫なき家に帰りくる　桂　信子

文語では「来る」の終止形は「来」。「来る」は連体形。夫がいなくなった家は抜け殻のように寂しい。そこへ戻って来た。あまりに森閑としていて落ち着かない。お茶を飲みながら、あれこれ考える春の夕方であった。

麦踏むや海は日を呑み終りたる　森田　峠

「終りたり」としないで「終りたる」と連体形止めにして余韻効果を期待した。海辺の畑で麦踏みをする。海が太陽を呑み込んで春の一日がいま暮れた。残照の中を家路についた。遠くの港町の灯が増えつつあった。

人の死を知る目交して悴(すい)かめる　石原　八束(やつか)

恩人の死を知らされた。胸が詰まって、無言で互いに見交わすだけだった。いい知れぬ寂しさと、寒さで全身がかじかんでいた。

炭せせる貧乏性をきらはるる　富安(とみやす)　風生(ふうせい)

着ぶくれて、火箸で、ひっきりなしに火鉢の灰をかき回す、炭火をいじくり回す、それが癖になっているのだ。落ち着きのない、こんな貧乏性だから人に嫌われる。火鉢だけが唯一の暖房であった頃には、よくこんな情景を見掛けたものだ。

「嫌ふ」＋る（受け身の助動詞）で「嫌はる」となるべきところを「嫌はるる」と連体形で止めてある。

水馬(みずすまし)休めばすぐに流さるる　三島　晩蝉(ばんせん)

アメンボ（ウ）もミズスマシというのでよく混同される。「水馬」はミズスマシと読むが、ここではアメンボのことだろう。長い六本の脚をつっぱってすいすいと水面を滑る昆虫。ちょっと油断すると流されるので、絶えず水面を滑走している。蚊でも水に溺れるが、それよりも図体の大きいこの虫は水面を歩くから不思議だ。これほど身軽なものは他にはいないだろう。そんなことを作者は考える。

流す＋る（受け身の助動詞）で、「流さるる」となるべきところを「流さるる」と連体形にしてある。

サーフインなかなかに立ち直れざる　　右石　暮石

なかなか立ち直れないというから、ウインドサーフィンのことか。この言葉は今までの歳時記には載っていない。新しい夏の季語として採用してみたのであろう。

立ち直れる＋ず（打ち消しの助動詞）で「立ち直れず」となるところだが、連体形で結んである。

むささびの子のまだぬくく息絶へし　　青柳志解樹（しげき）

ムササビの子を拾った。まだほんのり温かいが息は絶えていた。たった今死んだのだろう。抵抗感なく掌に重さだけが残った。
「絶へし」の「し」の終止形は「き」だから、「絶へき」とすべきなのに「絶へし」と連体形になっている。

行く春を近江の人と惜しみける　松尾　芭蕉

一束の地の迎火に照らさるる　橋本多佳子

毛布やはらかし清浄の身を入るる　桂　信子

遊船の窓大濤に覗かるる　盛岡　竹本　白飛（はくひ）

曳き売りに林檎の味を強ひらるる　盛岡　利府ふさ子

殺めたる棒のごと蛇を飛ばしたる　釜石　後川杜鵉子

猪子独活(いのこうど)や忽と大河の現るる　盛岡　茂木安比古

四・已然形止め（已然中止法）

仏性は白き桔梗(ききょう)にこそあらんめ　夏目　漱石

のように「こそ～已然形」の場合は係り結びであるが、「こそ」がなくて結びだけを已然形にしてあるのは係り結びに含めず、特殊な表現とすべきである。もちろん、こういう表現は古文にも見られるが、あるべき係りの助詞「こそ」の省略だとして片付けるのは安易すぎる処理である。したがって、この類いを「已然形止め（已然中止法）」と命名しておく。

こういう技法は、既成文法には無いが、実際にこういう技法が俳句にも少なからず存在するので、新しい技法として認めざるを得ない。なお、この現象は形容詞に多く起こっている。詠嘆の「けり」から類推した誤用であろうか、句の中に詠嘆の気持ちが込められているものが多い。

鱚（きす）添へて白粥命尊けれ　石田　波郷

風邪寝の時か。お米だけのお粥にキスを添えてくれた。粥を吹きながら食べていると、命の尊さと、作ってくれた人の思いやりに、しみじみと感謝するのであった。

普通の文なら「尊し」と終止形で結ぶ。この句は、係りの助詞「こそ」がないのに已然形で結んである。句の内容を見ると詠嘆の気持ちが込められている。

嚙みふくむ水は血よりも寂しけれ　　三橋　俊雄

血には味があるが、水は無味無臭で寂しいなあという句意である。飲み物の中で一番おいしいのは水であるとは周知のこと。この表現も特殊で、「寂し」と終止形になるところを已然形で止めている。詠嘆を含む。

蛇足だが、この句を既成文法に合わせるとすれば、次のようになる。

嚙みふくむ水こそ血よりも寂しけれ　　三橋　俊雄

寒風を来しわが顔の悲しけれ　星野　立子

凍るような風の中を来て鏡の前に立つ。これが自分の顔かと思うほどこわばっていて、なんともいたいたしい。詠嘆。

元日の昼過ぎにうらさびしけれ　細野　綾子

元日の午前は、年賀客が入れ代わり立ち代わり来て賑やかだった。みんな帰り、午後になったら客が絶え、元の静けさに戻ってなんとなく寂しく感じられた。「寂し」を已然形「寂しけれ」で止め、詠嘆の気持ちを含ませている。

かくれ遭ふことかさなりしショールなれ　安住　敦

このショールは、若かったあの頃、何度も何度も隠れて会ってくれた時のものだ。句の内容はもっと深刻なものかも知れない。「なれ」は推定の「なり」の已然形で、詠嘆も添えられている。

端居して子地獄もまた楽しけれ　田辺　夕斜

昔はどこの家にも五六人の子供がいたものだ。走り回る者あり転ぶ者あり泣く者あり笑う者ありで、家の中はいつも賑やかというよりうるさかった。家計は「働けど働けど火の車」。これを子地獄と表現した。だが、作者は悠然として、風のよく通る縁側の端に座って夕涼みをしている。しかも、この子らのうるささを「楽し」といった。形容詞の已然形で止めてある。

梳初に抜毛もあらずめでたけれ　真下喜太郎

新年初めて髪をけずることを「初櫛」とか「すきぞめ」という。一本も抜け毛がなかった。我ながらめでたい。この句も已然形止め。

初泣ははしかの子ども淋しけれ　京極（きょうごく）杞陽（きよう）

新年になって初めて子供が泣くことを「初泣き」「泣き初（ぞ）め」といい、新年のめでたい季語としている。いつもなら、屠蘇気分で、泣く子をはやしてみんなで笑うのだが、はしかにかかっている子では笑いにならない。かえってしんとなってしまった。已然形止め。

秋嶺に見下ろす邑（むら）のさみしけれ　富安　風生

秋の行楽で峠を越えた。収穫の終わった眼下の村は、捨て石のように静かに冬を待っている。なんとなく寂しさをおぼえた。

進み来る針魚の波も入江なれ　井上白文地

サヨリを竹魚とも書き、針魚ともいう。イワシを細長くしたような魚。気温が上がりかけた早春の入江に、サヨリの群れを育てた波が寄せて来る。船が忙しく行き交う。明るく活況に満ちた湾の光景。

草じらみつけて女は楽しけれ　高野素十

秋晴れの山野を心ゆくまで楽しんだ。全身に草じらみが付いているのも知らずに女ははしゃいでいる。籠には少しの栗と茸、なぜか栃の実が二つ入っていた。

五．命令形止め法

俳句では命令を表すのに助詞「よ」を用いることが一般的である。中には句の終わりに用言の命令形にしているものもまれにある。これも一つの技法であろう。

霜夜北斗をつらぬく煙われ強かれ　　加藤楸邨（しゅうそん）

「強かれ」は形容詞命令形

第七章　句切れ法

句切れというのは、上五・中七・下五の三句のうちのどこで文法的に切れるか、または、どこに一呼吸置く（間を置く）かということで、上五で切れている場合を「初句切れ」、中七で切れている場合を「二句切れ」下五まで切れ目なしに続いているときは「句切れなし」と呼んでいる。五、七、五に関係なく途中で切れる場合もある。

一・初句切れ（切れを一字分空けて示す）

上五（初句）で切り、そこに感動の力点を置く方法

道暮れぬ　焚火（たきび）明りにあひしより　　中村　汀女（ていじょ）

帰宅の途中、焚火をしているところに出くわした。その焚火の炎を目にしてから辺りが急に暗く感じられた。「道暮れぬ」で切ったのは急に暗くなったことに作者は力点を置きたかったからである。また、この句は倒置法にもなっている。

揚羽蝶　わが指紋もち何処までとぶ　鷹羽狩行

揚羽蝶を捕えてから放してやった。その揚羽蝶の羽にはこのおれの指紋がついているはずである。その指紋をつけたまま飛んでいく揚羽蝶を作者はいつまでも見つめていた。「揚羽蝶」がクローズアップされている。

水虫や　青春うけし軍靴の枷　榎本冬一郎

あの忌まわしき軍隊生活で青春時代を無駄に過ごしたことが悔やまれる。水虫になるたびにそれが思い出される。軍靴の枷に悩まされた足が、今は水虫の枷に悩まされて、毎日がうっとうしい。

桐咲いて　みちのく遅き炉を塞ぐ　花巻　市野川　隆

みちのくの冬は長い。六月に入ってやっと炉を塞ぐことができた。桐の花が咲くころになってやっと炉と別れることができた解放感。

舞茸や　鈴鳴る人とすれちがふ　盛岡　後藤　仁

栗や茸の出るころになると熊の出没が多くなる。山に入る人は腰に良く鳴り響く鈴を下げて行く。句の意味は、鈴を鳴らしながら来る人に出会った。その人の背負った大きな籠からマイタケがはみ出していた。

年明くる　明治の時計音高く　　前沢　門脇　文治

明治時代から使われている柱時計が、大きな音を響かせて最後の一つが鳴り終わった。この瞬間新しい年が明けた。

どんど消え　神の天より粉雪降る　　盛岡　佐久間天囚

燃え盛っていたどんど焼きの火が消えた。これで正月行事は全部終わった。急に空から粉雪が降ってきた。急に降ってきたのではなく急に意識されたのだ。

蜩や　戸締り急ぐ毛越寺　　盛岡　川代くにを

大勢いた観光客はみな帰った。静まり返った毛越寺から雨戸を忙しく繰り出す音がする。境内の老杉のそちこちからヒグラシの声が降り注ぐ。

夫(つま)あらぬ　眉きりきりと剃る夜長　大船渡 畠山　美穂

秋になると夜がめっきり長くなったのを感じる。夫（つまと読む）居なくなってからとくに夜が長く感じる。蛾(が)のように眉を細く剃る。さて、これからカラオケにでも行こうか。ながながし夜をひとりかも寝ん。か。

二．中間切れ

上五音・中七音・下五音の三句にかかわりなく中途で切って、そこに感動に中心を据える方法。

万緑の中や　吾子の歯生え初(そ)むる　中村草田男

この句は中七音の途中で切れていて、八音、四音、五音の構成になっている。

公園であろうか。見渡す限り緑一色。その中を作者は嬰児を抱いて散歩していてふと生え初めたかわいい歯に気づいた。この句の中に、わが子の健やかな成長の喜びと父親としての自覚が含まれている。「万緑の真直中」にいる心地よさが主題である。「万緑」を季語にしたのもこの作者であった。

茎右往左往　菓子器のさくらんぼ　高浜　虚子

菓子器に盛られたさくらんぼ。茎の乱雑な様子を群衆に見立てて右往左往と詠んだ奇抜さが面白い。俳句は単品料理である。その味の深みを引き立てるのは季節感である。

橙(だいだい)は実を垂れ　時計カチカチと　中村草田男

「橙」という季語は新年の部と秋の部とに入っている。新年の橙はお正月の飾り物として用いられ、秋の橙は実をさしてつかう。橙は冬に黄色に熟し、取らずにおくと翌年夏には緑色に戻るので青橙の名もみえる。橙と時計とまったく無関係なものを並べて、音もなく永遠に一定の早さで未来へと流れていく時間の部分を切り取った。

なんといふ暗さ　万燈（まんどう）顧みる　　橋本多佳子

万燈は懺悔・滅罪のため一万の灯明を仏に供養することから出た語。夕刻墓参を終えての帰り道、万燈の前を通り過ぎた。ふと気になって振り返った。なんという暗さ。記憶にある万燈はもっと明るく晴れ晴れしいものであった。こんなに暗く感じるのはなぜだろう。視力のせいか、それとも、心の底に積もり積もった罪の意識のせいか。

三．二句切れ

二句目で切り、そこに時間的心理的空間を設けて情念を整える方法。

流れつつ色を変へけり石鹸玉（しゃぼんだま）　　松本たかし

色を変えながら空中を流れるしゃぼん玉。「色を変えけり」が作者のもっとも感動したところ。虹色がしゃぼん玉の表面を流れながら刻々変化する様子は実に美しい。感動の中心である「流れつつ色を変えけり」を強調するために初めに持って来て、そこで切った。倒置にもなっている。

ひた急ぐ犬に会ひけり木の芽道　　中村草田男

木々が芽吹いて明るくなった道を散歩していて、急いで来る犬とすれ違った。野犬とも思われない品のいい犬であった。意外なものに出会った驚き。

鳥翔ちし田の広がりや　威し銃　　二戸　工藤　仙介

おどし銃の音で群がっていた鳥がいっせいに飛び立った。空になった田圃は意外に広かった。

みほとけのてのひら深く　昼寝覚め　玉山　工藤　節郎

昼寝から覚めた。御仏の加護の中にあることは御仏の掌中にあることだ。すっきりした目覚めであった。

四．句切れなし

最後まで切れ目なしに一気に続ける方法。

大旱の砂に孔雀がうずくまる　田川飛旅子（ひりょし）

日照りが続き、今日も雨が降りそうにない。こんな時は誰も日陰を歩く。砂も燃えるように熱いのに、そこに平気で孔雀がうずくまっている。羽の眼状紋が妖しく燃える。

かげろうの刹那刹那のかげ流る　清水　大蘭

かげろうは羽化して卵を生むと数時間で死ぬ。はかない命を懸命に生きている姿を、あるかないかの影に焦点を絞って見つめている。

春泥の道長々とありにけり　盛岡　川代　英夫

雪解けの道が続く。泥に靴をとられながらずいぶん歩いたのにまだ着かない。泥道ははるかかなたへ続く。

北限の鷺草(さぎそう)恋ふて山路ゆく　　紫波　加藤　豊石

今も山野草のブームが静か続いている。野生のサギソウが欲しい。この辺はサギソウの北限地だと言う人の噂を信じて山道を行く。胸をときめかしながら。

稲の香に身を包まれて暮れてをり　　二戸　藤沢　紫星

今日の稲刈りはここまでにしようか。日がとっぷり暮れていた。全身に稲の香りがしみている。疲れてはいるが、すがすがしい気分である。

春の立つ寺に大きな朱肉壺　　花巻　大畑　善昭

朝の勤行を終えて清掃にかかる。訪問する客のための印肉の壺がうっすらと埃をかむっていた。今日は何人に朱印を押してあげられるだろうか。立春の風が作務衣を通して肌にしみる。

抱擁をポインセチアが見てゐます　　岐阜　関谷　利勝（日経俳壇）

日本も変わった。今の若い者は人前でも平気で抱き合ってキスをする。ポインセチアの緋色の部分は花のように見えるが花ではない。抱擁するこの二人の愛は本物かどうか疑わしい。そんな感じを起こさせるのはポインセチアの鮮烈な色のせいか。

五．句またがり

「句またがり」は「句切れ」とは違った観点から提唱された新しい名称で、表現の効果をねらった技法を指すものではない。

俳句の構成を分析する時、意味のまとまりに視点を置く限りにおいて、あいまいな「句切れ」よりは、「句またがり」の方がはるかに明確に俳句の分解整理ができる有効な手段であるとする。

定型俳句の基本は一般に五・七・五の三つの連分節より構成されるとするが、実際は一つの分節は次の文節にまたがって一まとまりの意味を形づくることが多い。このように他の分節にまたがっている状態を「句またがり」といい、意味の団塊の数で二段切れ、三段切れなど呼んでいる。

　昨日より高鳴る瀬音橇（そり）しまふ　　湯田　小林　輝子

この句は「昨日より高鳴る瀬音」「橇しまふ」の二つに意味上切れるので、二段切れとなる。

雪解けで水かさが増し、瀬の音が日ごとに高くなってきた。山峡の気温もぐんぐん上がり辺りの雪が目に見えて減っていく。もう橇はいらないので片付けることにした。待ち遠しかった春の到来に歓喜している図だ。

空き厩護符(うまやごふ)はがれ鳴る雪解風　江釣子　山下　蔦女

空っぽのうまやに貼ってある馬のお守り札がはがれかかって、雪解風に鳴っている。馬を飼わなくなってから久しいなぁ。心の中を隙間風が通る。

「空き厩」「護符はがれ鳴る」「雪解風」の三つに切れるので三段切れとする。

第八章　変化法

一・用字の工夫

a　漢字のみ

俳句を漢字だけで表現する効用を強いて挙げれば、漢文調の堅さから謹厳実直、頑固一徹、生真面目さなどが連想させる内容を表現するのに効果的であるようだ。

書斎兼居間兼客間春炬燵

豊橋　中島志朝光（日経俳壇8・4・14）

狭いながらも一国一城の主の気分。だれにも邪魔されることのない気ままな気分を味わっている。清秀実直な作者が想像される。

敬老日乾杯音頭取百歳　　豊橋　中島志朝光（日経俳壇8・10・13）

敬老会で、まだ矍鑠（かくしゃく）とした百歳の爺ちゃんが乾杯の音頭取りに指名された。凛とした声が会場に響いた。

秋麗羽州街道楢下宿（ならげしゅく）　　上山　木下　保子

羽州街道の宿場町「楢下宿」に着いた。おりしもすばらしい秋晴れであった。周囲のたたずまいに歴史の重さが感じられる。

鏡餅畳百畳僧一人　　花巻　神　庸子

百畳敷きの本堂にふさわしい大きな鏡餅が供えられ、和尚が独り端座して読経している厳かな情景が浮かんでくる。

夏座敷先生米寿生徒古稀　　豊橋　川合　史浩（日経9・8・3）

鎌倉発大宮行夏燕　　府中　日下　史朗（日経12・6・4）

b　カタカナのみ

終戦後一部の人々に試みられた

c　ひらがなのみ

ひらがなは「女手」とよばれ女子の文字として使われた歴史もあり、しっとりとした優しさ、しとやかさ、弱々しさなどの匂いの染みついた文字である。使い方によってはそれなりの雰囲気が出せるので、これを試みる人もたまに見かける。ただ、一見しただけで意味が取りにくい難点がある。

のどかさやひまごがそばにゐるだけで
横浜　高野　益雄（日経8・5・5）

柔らかな春の陽射しの中でうとうとする安らぎ。そこに曾孫までがいることのこの上ない幸せ。

きりぎりすまひるさみしさきはまれり
坂間　晴子

真昼にキリギリスが鳴いて寂しさがいっそう募ってきたという意味であろうが、平安絵巻を想起させられる。悲嘆に暮れた作者の思いがキリギリスの鳴き声に次第に癒されていく

くさめしてしらじらとあるおもひかな　　長谷川ふみ子

しらうめやをんなをかくすてらのもん　　落合　水尾

ことぎれいうるはしかりしうめしろし　　落合　水尾

d　ローマ字

e　記号・符合の混用

俳句表記の中に記号や符合を用いてその部分を際立たせ、新鮮さをもたせようとする試み。

梅雨底の濁りをすくふ「新世界」

習志野　青山　みち子（日経俳壇）

連日の雨で家中が湿っぽい。黴（かび）の匂いもする。澱んだ空気の底に居て気が滅入る。そんな時ドボルザークの交響曲をかけボリュームを上げた。音波をじかに全身で受けとめながらしばらく梅雨の鬱陶しさから解放された。特に強調したいところを「」で示した。ここに使われた「新世界」は音楽のことではないのかもしれない。

十月に結婚します。葉書くる

東京　中川　庄三

草笛や〃エデンの東〃聞こえくる　長野　藤沢宗一郎

夏休み「超」の字多き子の電話　福岡　梶山はるか

「牧神の午後」のけだるさ昼寝覚　広島　泉本　剛男

二．用語の工夫

a　雅語（がご）

b　歌語（かご）

歌語は、和歌に詠むときだけに用いる言葉。鶴にたいして「たづ」蛙は「かはづ」などがある。また歌枕、異名、序詞、掛詞を含めていうこともある。歌語によって雅趣を醸し出そうというときに用いる。

c　方言

聞き慣れない言葉、方言などを用いて新鮮さを出そうとの試み。他人に理解される程度を越えると一人よがりになる。座の中では大いに使って楽しむのもよかろう。

あとはもう水餅にせなしゃあないわ
北京　大塚　伸也（日経俳壇）

食べられるだけむりして食べたが残ってしまった。あとは水餅にして保存するしかない「せなしゃあないわ」と方言でなげやりな気分を出した。

どんぶくを脱ぎし軽さや春の昼
前沢　菊池みどり

岩手の県南地方で言う「どんぶく」は、正しくは「袖無」と辞書にはある。ちゃんちゃんこのことで、綿の入った袖無し羽織のこと。室内の防寒に子供達もよく着る。やっと暖かくなってどんぶくを脱いだとたんに急に身軽くなった。背負っていた荷物を下ろしたときの感じた。良くもこんなに重いものを半年も着ていたものだ。

ようおこしうぐひす餅をあがりやす
岐阜　関谷　利勝（日経）

京言葉の柔らかさがうぐいす餅にマッチしている。

さうでがすおばんでがすと雪の道　東京　加地　とき

d　外来語

e　外国語

盆踊りシャル・ウィ・ダンスとはいかず

川崎　山田　博政（日経）

f　新語

g　枕詞

枕詞は、もともと意味を持っていたが、後には意味を失って、特定の言葉に係る五音節飾り言葉になったもので、特に和歌の修辞法として用いられた。俳句に用いた例がきわめて少ないのは、十七音節という短い詩の中では極力無駄な言葉を省こうとすることからある。

たらちねの母の御手(みて)なる黴(かび)のもの　　中村　汀女

「たらちね（垂乳根）の」は乳房が垂れている女つまり母のことで尊称であった。もとは「たらちめ（垂乳女）」であった。両親にも、父親にも使われているが、主に母親に係る枕詞。
句にある「黴のもの」はなにを指すかはっきりしない。梅雨の頃、箪笥から着物を出し着ようとした。この着物は母が自分の手でたんねんに縫ったもので、母の形見として大事にしていたのに、かすかに襟のところに黴が浮いていた。亡き母への思い。

白梅の咲きぬばたまの闇匂ふ　　藤田　閑子

「ぬばたま」は、もとは黒くて丸いものの意味であったがその意味を失って、枕詞として使われる。黒いものやそれに関した言葉、例えば、黒色、黒馬、髪、夜、夕べ、月などに係る。

青丹よし寧楽の墨する福寿草　水原秋桜子

「あをによし」は青黒い顔料。寧楽は平らな地の意味で、奈良の都。奈良の墨は上質とされ、文人に好まれた。色紙を出してゆっくり墨を擦る。辺りにさわやかな香気が流れる。その上の福寿草の花が家族のようにかたまって咲いている。

たまきはるいのちにともるすずみかな　飯田蛇笏

タマキワルは、命・内・磯・幾世・世・憂き世・我が・立ち・心などに係る枕詞。夕涼みに出てやっと生き返った思いがした。

むらぎもの心牡丹に似たるかな　　松瀬（まつせ）青々（せいせい）

むらぎものは、群がっている肝の意味で、五臓六腑、転じて心の底。心にかかる枕詞。心が牡丹に似ているとはどういうことか不明。

三．形式の工夫

a　散文風

散文の一部を切り取ったような俳句で、詠嘆も象徴も比喩などの技巧もないが、人をうなづかせる味わいがある。

枝かへてまださくらんぼ食べてをる　　高野　素十（すじゅう）

海鼠（なまこ）切りもとの形に寄せてある　　盛岡　小原（おばら）啄葉（たくよう）

生きてゐる右半身が霜を踏む

東大阪　松本　博次（日経17・12・19）

ｂ　字余り

五、七、五、の音節数を、わざとそれより多くして破格の味わいを出す方法。しかし、一般には当てはまる適当な語句がどうしても見つからないため、やむをえず字余りにしてしまったというのが多い。また、極度の興奮など精神状態が異常な場合に破格が起こるようである。

俳句は定型詩であるから、きちんと五・七・五の十七音に収めるべきで、破格は邪道であるとする強力な主張がある。反面、多少のはみ出しは認められるべきだとする考えも多い。

白牡丹(はくぼたん)といふといへども紅ほのか　高浜　虚子(きょし)

真っ白な牡丹をよくよく見るとほんのり紅色が含まれていた。ただそれだけのことだが、写生俳句のお手本のような句である。この句は、概念的にしか物を見ない人に対する忠告でもある。だれも気付かなかつたものの発見の喜びがこの句を作らせた。

西日中電車のどこか掴みて居り　石田　波郷(はきょう)

真夏、病院からの帰りに電車に乗る。暑苦しい。加えて激しい西日が差し込んできていたたれないほど暑さが病身に応える。ふと気付くと電車の端をしっかりつかんでいた。「つかみをり」としないで「つかみてをり」と変化させたのは、その時の生理的な要求からであろうか。

麻薬うてば十三夜の月遁走す　石田　波郷

名月から約一か月後の十三日。月はまだ少しいびつである。胸の手術のために全身麻酔を打った、とたんに窓に懸かっていた月が逃げていった。手術は成功したが胸は大きく変形していた。「麻薬うてば」の字余りは意図的なものだ。もし意図的でないとすれば、屈折した表現の要求は異常な心理状態のなせる技だろう。

喜雨の先端肺ごと走る郵便夫　磯貝碧蹄館

日照りが続きで田畑のものは枯死寸前にある。雨乞いの祈りもなんの効き目もない。そんな時、待ち兼ねていた雨が沛然と降ることがある。この雨のことを喜雨という。近づいて来る喜雨の前を、郵便屋さんが懸命に赤い自転車を走らせている。雨から逃げるためよりも、嬉しくて思いっきり飛ばしてるように思える。字余りは興奮がそうさせたものであろう。

蜂もがく生きるためにか死ぬためにか　　橋本多佳子

蜂がもだえている。苦しそうにも見えるが、嬉しくて笑いが止まらないようにも見える。生けるものはみな同じようなしぐさをするものよな。字余りは、「～ためにか～ためにか」の釣り合いのため。

花衣ぬぐやまつはる紐いろいろ　　杉田　久女

花見の宴会から戻ってきて着物を脱ぐ。帯をほどき、一枚ずつ剥がす度に紐が現れる。よくもこんなに沢山の紐で身を縛（しば）っているものだと我ながら呆れる。女は家では夫に子に縛られる宿命を負っている上に、さらに着物を着る時にまでいろいろな紐で縛られる。紐は業深い女の桎梏(しっこく)なのか。「紐いろいろ」を「紐あまた」とすれば音数は収まるが、幅の広いの狭いの、太いの細いの、赤いの白いのといろいろな紐を言おうとしてこの表現を選んだ。

響(ひびき)爽(さわ)やかいただきますといふ言葉　中村草田男

めっきり秋らしくなった朝の食事どき。「イタダキマース」と澄んだ子供の声が部屋中に響く。大気が澄み、心身共に爽快な季節になった。作者にとっては「響」という言葉がこの句には不可欠だった。

桃太郎ほど積んで初荷よ屑車　盛岡　曽根　正雄

鬼ケ島から戻った桃太郎のように、廃品回収の荷をリヤカーに山ほど積んで売りに出かける。初荷の幟をはためかせて、今日の実入りを胸算用する。作者の生業の一端である。意図的に字余りにし、ユーモアを生かした。

秋の田を刈るや白鷺人に近く　山口青邨（せいそん）

柳散るや風に後れて二葉三葉　鈴木花蓑（はなみ）

かかしコンテスト畔に一列胸はって東和　及川あつ子

水にひたる松の垂れ枝や月のせて　藤沢　高橋東犀

万葉の水温む音草が隠し　　　　滝沢　遠藤いし夫

ｃ　字足らず

わざと十七音に足りなくして、字余り同様に破格の効果を狙う方法。定型俳句に慣れた人には違和感を与える。なお、句集などにみられる字足らずの俳句は印刷ミスか読み違いの場合が多い。効果的な「字足らずの俳句」はほとんど無いと言ってよい。

ｄ　分かち書き

俳句を文節ごとに、或いは、意味のまとまりごとに自由に分けて表記する新しい試みであるが、短詩型に用いてもどの程度の効果があるか疑問視されている。その昔、石川啄木が短歌を三行に分かち書きした例はある。

鬼太鼓　ドドウ　ドドンと　磯白波　伊丹三樹彦（みきひこ）

間をじゅうぶん取ったことで果たして効果があるだろうか。あるとすれば、文節毎の場の情景を納得のいくまで想像して次の文節に移ることで深く観賞できることか。

玉垣は土筆（つくし）　配流（はいる）の陵（みささぎ）よ　伊丹三樹彦

罪人とされ島流しにあった方の墓。みささぎとはいっても周りを飾るものは何もない。あるものは一面のツクシだけ。ツクシを玉垣として安らかに眠ってほしい。

佐渡おけさ　島を出られぬ　喉裂いて　　伊丹三樹彦

四・映画の手法

α　ズームイン

映画の手法で、まず全体を写して、レンズをしだいに部分へ近付けてそこを大写しにする方法で、俳句においても、全景を詠みながら視点を中心部分に移してそこを強調する方法がとられることがある。また、その逆に、部分から始めて全体を広く写す方法をズームアウトといっている。

浴衣着て少女の乳房高からず　　高浜虚子

浴衣姿の全容を詠み、少女の乳房に焦点をあてて締めくくっている。

娘の浴衣の胸に乳房が少し盛り上がっている。お母さんには到底及ばないが、この子もそのうちに母に似て大きく膨らむだろう。

黴(かび)の香の中にいきいきナイフとぐ　加藤楸邨

梅雨の頃の家の中はなんとなく全体黴くさい。そんな中でナイフを研ぐ。鋭利な刃の輝きだけが鬱陶(うっとう)しさから逃れる唯一の救いであった。黴臭い家の中の様子からナイフの刃の大写しへ視点が移る。

春の浜子は青年の毛脛(すね)もつ　吉田北舟子(ほくしゅうし)

暖かくなった砂浜を、ズボンをまくってはしゃぎ回る子とも達。いつまでも子供だと思っていたのに、我が子の脛毛が濃くなっていた。カメラが春の砂浜の全景から子供等の姿へそして黒い脛毛へと近付く。

滝見茶屋大鉄瓶のたぎりをり　星野　立子

滝を背景にした茶屋の全景が写され、カメラを退いて、煮えたぎった大きな鉄瓶がクローズアップされる。真夏の暑さが滝から上ってくる冷気で癒される。熱い茶よりも歯にしみるような水の方がいいのに。

かりがねや並べば低き母の肩　赤城さかえ

北上の州に人棲みて松飾る　江刺　千葉艸坪子

花林檎真只中の無人駅　北上　小川　夕蛙

青嵐流木ときに立ちあがる　東和　萬　蓼二

b　ズームアウト

金亀子擲つ闇の深さかな　　高浜　虚子

霜柱公園を出てビル林立　　松崎鉄之助

朝、公園を散歩する。靴の底で霜柱がぞりぞり崩れるのが心地よい。白い息を吐きながら公園を抜けると、ビルの林に突き当たる。ビルは巨大な霜柱だ。カメラの眼は霜柱の結晶から公園へ、そして隣接するビルの街の全景へと広がる。

網舟の引かれ出でけり初茜　　釜石　松下　正春

網舟が暗い港を引かれてゆっくり出ていく。防波堤の辺りにさしかかった頃、水平線を境にして空はぐんぐん茜色に染まっていく。元旦の日の出が近い。舟はシルエットとなって進んでいく。家族が無事を祈ってしばらくそれを見送る。

雪間草一つみつけてより多し　盛岡　竹本　白飛

早わらびや水満々と水源地　三陸　及川　きよ

c　オーバーラップ

二重写しのこと。二つの記憶や印象が重なって意識されること。

菖蒲湯を出ればわたしもアフロディテ

横浜市　近江満里子（産経新聞令1・6・12）

アフロディテ＝ギリシア神話の美・恋愛・豊穣の女神＝エロスの母

五．季重なり

俳句一句の中に季語を二つ以上用いることを季重なりといって、内容が支離滅裂になる危険性を伴うので一般的にはタブーとされる。が、相乗効果が出て好ましいとする人もいる。

啄木鳥（きつつき）や落葉をいそぐ牧の木々　　水原秋桜子

キツツキ（秋）落葉（冬）の二つの季語が入っている。が、「啄木鳥や」が詠嘆の中心になっている。キツツキの木をたたく叩く音に急がされるように木の葉が散っている晩秋の景で、違和感が感じられない。

あえかなる薔薇撰りをれば春の雷　石田　破郷

バラは色の濃いのもいいが淡いのも味わいがある。ここでは弱々しく上品な女性のようなバラを選んでいる。差し上げる人に相応しいバラをと迷っていると雷が鳴った。それも二つ三つ鳴ってすぐ止んだ。「春の雷」と「バラ」とが季重なり鳴ってるが気にならない。気がとがめられるので「かみなり」を配したのか。

一瞬に雪崩のがれし橇(そり)着けり　米田双葉子(そうようし)

雪崩は春、橇(そり)は冬。橇を曳いた人が無事に帰ってきて、すさまじかった雪崩のことを皆に話している光景が主題である。

六・季語なし（無季）

伝統俳句では季語のないのは俳句とは認めないことにしているが、季語が無くても季節感のあるものは認めていいとする人もいる。実際、季節特有の花や果物等は季節を問わず年中店頭で見かけるので、そういう果物は季節感を表す季語の役割を失ってしまったとも言える。それでも季語として用いるはその物の旬（しゅん）のころを想定して鑑賞できるからで、有季俳句として認めあっている。

暗い製粉言葉のように鼠沸かせ　　金子　兜太

暗い製粉所。鼠にはうってつけの餌場だ。幾匹もの鼠が現れては消える。

お正月の鼠は「嫁（よめ）が君（きみ）」といつって季語として用いられるが、この句

には季語がない

七．本歌取り（引喩、パロディー・もじり、を含める）

優れた古歌。（故事、諺、有名人の言など）を意図的に借用する方法で、鎌倉時代に和歌において大流行した。狙いは本歌の連想的効果を生かすとともに現代風に新しい内容を盛り込むことにあるとされる。俳句ではほとんどこの技法は取り入れられなかった。

むしろ、パロディー（もじり）として使われることの方が多いように思われる。

俳句に於いて、着想が似ている句は類句類想句として忌み嫌う人の多いのも実態である。

竹馬のいろはにほへとちりぢりに　　久保田万太郎

この句は軍歌の一節をそっくり取り入れているので、本歌取りの例とされている。

つばくろや人が笛吹く生きるため　　秋元不死男

これは深尾須磨子の次の詩が下敷きになっているとか。

笛吹き女
笛を吹きて候
笛吹きて悔ゆるのに候
笛吹きて祈るのに候
笛吹きて生くるのに候

死はいやぞ其の如月の二月灸　正岡　子規

本歌は西行の「願はくは花のもとにて春死なむその如月の望月のころ」らしい

潜航艇青葉茂れる夕まぐれ　川崎　展宏（てんこう）

「桜茂れる桜井の……夕まぐれ」（大楠公）が本歌か。

雨ニ負ケ風ニモ負ケテ槍（やり）カツギ　山形　阿部宗一郎

宮沢賢治の「雨ニモマケズ風ニモマケズ……」のパロディー。凶作を嘆いた句であろう。こんな鑑賞はどうか。秋祭りの出し物として大名行列が行われた。作者は槍の係りとして参加している。百姓と胡麻の油は絞れば絞るほどよく採れると年貢を取り立てた時代のことを思い、賢治の詩を思い、今年の凶作を思う。槍を担ぎながら半ば諦めに似た思いで歩いている。

学問のさびしさ無くて炭もなし
名張　北村　純一（日経俳壇12・2・27）

山口誓子「学問のさびしさに耐へ炭をつぐ」のパロディー

馬鹿は風邪ひかぬといふに貰ひけり
豊橋　川合　史浩（日経俳壇8・2・11）

説明は要らない。アイロニー。

第九章　俳句の余技

一・折り込み

あらたふたと青葉若葉の日の光　　松尾　芭蕉

地名「日光」を読み込んでいる。

二・題詠

俳句会では季語が課題として出され、それについて俳句を作るのが一般的だが、季語にはないものを題材として示し、それについて俳句を作る。

題材　例　メガネ、ハネムーーン、おもちゃ、急須、
ハネムーーンキャベツを針の如刻む　　　品川　鈴子

三．折り句……三文字の言葉を、五・七・五の各句の頭につけて俳句にする。

［かじか］
かげろふと
じにかくやうに
かげろへる
かげろふと字にかくやうにかげろへる　　　富安　風生

筆で「かげろふ」と滑らかに書いたように、ゆらゆらとかげろうが揺らいでいた。

［ひやけ］

ひとまちぬ
やくせしかほに
けがはぬぎ

人待ちぬ約せし花舗に毛皮ぬぎ　　橋本多佳子

花屋で会う約束で花屋に来た。花に悪いような気がして毛皮を脱いだ。花屋は意外に寒いのに。

［あした］

あまつひの
したきょうねんの
たをかさね
天津日の下凶年の田を重ね　　木村　蕪城（ぶじょう）
太陽の下に、不稔（ふねん）の田が重なるように続いていた。こんなに太陽が輝いているのに凶作とは。

［たわし］
たらめかく
わらびたうげの
しずけさに
たら芽かく蕨峠の静けさに　　遠野　鱒沢　祐行

岩手ではタラの木の芽のことを「タラボ」という所が多い。静けさの中で、鋭い棘に注意しながら、ぼきっと「タラボ」の芽をかく。ごくっと唾を飲みこみながら。

四・付け句

上五、中七、下五の句の内どれかを抜かしておいて、そこを自由に埋めて内容の変化を楽しむ。

（　）に上の句を付ける

掌にのせて子猫の品定め　　富安　風生

（　　）のせて子猫の品定め

（　）に中の句を付ける

雀の子そこのけそこのけお馬が通る　　小林　一茶

雀の子（　　　）お馬が通る

（　）に下の句を付ける

蚕豆をたべるでもなくよく話す　　高浜　虚子

蚕豆をたべるでもなく（　　）

五．しりとり……五・七・五の各句をしり取りにする。

たらちねの

のぞけばありし

しらんのめ
たらちねの覗けばありし紫蘭の芽

六．謎とき

華に喜の字集ひて楽し初句会
　　この句の歳は何才か　（61＋77＝138）

ひやひやと齢の華甲負ひにけり
　　上田五千石（ごせんごく）

「華」の字を分解すると、十の字が六個と一の字が一個から成り立っていると見て、六十一を意味する。「甲は」は「甲子、きのえね」の略で十干十二支のそれぞれの最初を指す。したがって、「華甲」とは数えで六十一歳。

満六十歳（還暦）という甲羅を背負うことになって己の生きざまを振り返り感慨にふける。秋冷が背筋に差し込む。

七．物仕立て・配合

一句の中に幾つの事物を用いるかにより二物仕立て三物仕立てと名付けて分類する仕方がある。それ二物配合三物配合と呼ぶ人もいる。俳句の中にどんな物をどの程度組み込むのが効果的かなどの技法を研究している人もいるようである。要は（季語）という皿にどんな素材を意図的に盛り合わせ詩情を纏めるかという方法である。

どんな風に料理するかは個々の感性に頼るしかないのである。

雪まつりおの国は透きとほり　　土居すみ子

この句は「雪まつり」と「お伽の国」の二物仕立ての句で、横手の雪まつりの景か。
蝋燭の明りかすかに透けて並ぶかまくらを「お伽の国」のようだと見、透き通るとし表現したところに作者の感性のするどさが感じられる。

秋白き猫が一匹姥屋敷(うばやしき)　宮　慶一郎

秋陽の大きな茅葺(かやぶ)きの屋根の濡縁(ぬれえん)で真っ白な猫が寝ていた「秋」「猫」「姥屋敷」の三物配合の句である。昔から十軒のみの姥屋敷部落。眠りこけている白い猫、分厚い屋根、作者はその取合わせに詩を感じた。描きかけの絵を感じる。

八．連句「歌仙」

連句は五七五の長句と七七の短句とを交互に連ねたもので、正しくは「俳諧之連歌」略して「俳諧」という。俳諧の発句が独立して行われた「俳句」と区別するために、また「連歌」と区別するために「連句」という名称が起こったのである。江戸時代にも「連句」の語があることはあったが、広く一般用語となったのは明治以後で、高浜虚子によって広められたといってよい。子規が「連句」を非文学であるとしてもっぱら俳句を鼓吹したのに対し、虚子は〈連句論〉を発表し、連句の文学趣味を説いた。しかし、明治以後連句はきわめて狭い範囲にしか行われなかった。（平凡社　世界大百科辞典）

連句の形式にはいろいろあり、正式には「百韻」とされているが、もっともよく行われたのは略式の三十六句形式の「歌仙」であった。

（この歌仙を巻上げるのに四～五時間はかかるといわれる）
歌仙の形式（式目）は、懐紙（半紙）を二つ折にして二枚袋綴じにする。

一枚目の表に六句……「表」「一の折」という。　略称　オ
一枚目の裏に十二句……「裏」という　略称　ウ
二枚目の表に十二句……「名残の表」「二の折」という　略称ナオ
二枚目の裏に六句……「名残の裏」という　略称ナウ

これで三十六句の歌仙一巻の完成。こう書くと簡単なようだが、句の付方には、いろいろなルール（式目）が設けてある。

句	名称	字数	ルール等
一	発句	五七五	（当季の季語、切字を入れる。挨拶の気持ちでつ

くる。ここが歌仙全体の顔であるから品格がほしい）

2　脇　七七　（発句に寄添い、発句の余情を汲んでつける。原則として同季同場所同時刻・体言止め。頃止めの句が多い）

3　第三　五七五　（飛躍した場面に転換させる。が、次の句の連続性を考えて、に・にて・て・らん・もなし・等で止めるのが昔からの定法。動詞の連用形で止めてもよい。発句の切字が疑問や推量の場合は「らん」は「打越」となるので使えず、また、発句が「かな止め」の場合の「にて」は「観音開き」になるので使えない）

4　平句　七七　（軽く付ける）

5　平句　五七五　（「月の座」とされているので「月」を詠む。但し発句が秋の場合にかぎって第三までに月を詠まなければならない）

6　平句　七七　（ここまでは「歌仙」の序にあたるので気品で保

つことが要求される）

7　平句　五七五（七句目以降は句材・用語の制約は一切なくなるので自由奔放にイメージをふくらませて付ける）

8　平句　七七　（この句の辺りに「恋の座」を設けて、「恋の句」を詠む。但し、「恋の句」には定座はない。が、一折に最低一句は詠むこととされている）

13　平句　五七五（「月の定座」なので月を詠むのが原則。前の句の関係で前後に動かしてもよい。これを「座の移動」という）

17　平句　五七五（「花の座」なので花の句を詠む。但し、花の座の移動は前の方にだけ認められている。ここで詠む花は「桜の花」のことで、他の花の場合は「〜の花」としなければならない）

25　平句　五七五（この句の辺りに「恋の座」を設けて、「恋の句」

を詠む。但し、「恋の句」には定座はないが、一折に最低一句は詠むこととされている）

29　平句　五七五（「月の定座」なので月を詠むのが原則。前の句の関係で前後に動かしてもよい）

35　平句　五七五（「花の座」なので原則として花の句を詠む。但し座の移動が前の方にだけ認められている）

36　挙句　五五（ここが最後で、三十六句の完成）

なお、上記のものの他に、次のようなルールもある。

1．一巻の中に必ず春・夏・秋・冬の四季の句を全部織込むこと。

2．「打越句」を避けること。（「打越句〈うちこし句〉」とは前々句のことで、句を付けるときに前々句と同じような発想・素材・表現のものは避けて、画然と違ったものを付けなければならない）

また、「打越」を避けるために、次のような分類も考えられている。
句の中に人が出てこなければ「人情なしの句（場の句）」という。
句の中に人が出てくれば「人情ありの句」とし、さらにこれを次の三種類に分類する。

自分の出ている句を「人情自の句」略して「自の句」
自分以外の人が出ている句を「人情他の句」略して「他の句」
自分と他人の両方が同時に存在するものは「人情自他半の句」

このことから、例えば、「場の句（風景の句）」が三句続くことはなく（打越になるから）必ず三句目には「自」か「他」か「自他半」のいずれかの句が付けられることになる。

3．「観音開き」は連句の最大のタブーである。（イメージが次々に先へ移り変わって行くべきなのに、後ろへ戻って前の句の内容の繰り返し

になっている状態を「観音開き」という）

4.「去嫌（さりぎらい）」伝統的に使われてきたイメージの強い言葉は最低三句は隔てて用いなければならないということで、連句が一般に浸透しなかったのは、「打越禁止」の煩わしさと、この「去り嫌い」という繁雑なルールがあったからと考えられる。

例えば

○神　恋　無情　旅……などは三句去。（三句目までは使えないが、四句目には使える）

○山　水　時刻……なども三句去

○動物　植物……なども三句去

○春夏秋冬の同季のものは五句去（六句目には使える）

○鬼　幽霊　龍……など強烈な語は千句に一度くらい。

5．連句は独吟もするが、多くは七～八人で行うのが一般的である。その座の中から捌（さばき）と呼ばれる進行係り兼選者がでて、「連衆（れんじゅう）」から短冊に書いて出された付句の中から一番ふさわしいと思う句を選び（治定し）、それを読み上げる。その後、次の付句を請求する。以下も同じように進める。

昔は「座」に絶対的権威をもつ「宗匠」が居て句を捌いた。（付句の選び方・出し方には、この他一座の合議で決める方法や、早く出した句を採用する方法、出す人の順番をあらかじめ決めて出させる方法などもあった。

第十章　口語俳句

今の俳句が文語表現が主流になっているのはなぜか。その理由の第一は、先達が俳句は文語で作るのが常識だという意識を持って句作し選句し指導していること。第二は、文語は省略した表現に便利であること。第三は、手本になる口語俳句が少ないことが挙げられよう。しかし、定型俳句の中にも口語俳句と見做(みな)せるものが結構見かける、ごくわずかではあるが歳時記等から拾いだすこともできる。

現代の言語生活では文語表現のほとんどが死滅しているのに、なぜ俳句は今も文語にしがみついているのか。二十一世紀の俳句は、文語と決別し、現代語で句作することを真剣に考える時期にきていると論ずる人もいる。

一．口語定型俳句

矢絣(かすり)を着てエキストラ秋天に　山口青邨(せいそん)

矢がすりの着物を着た子供たちが丘の上に集まって絵を夢中に描いている。かちんこが鳴る。アングルを低くしてロケのカメラが子供たちに近づく。バックに澄みわたった秋の空があった。子供たちはみんなエキストラ。

夫の嘘うなづきながらレース編む　岡本眸(ひとみ)

夫が、帰りの遅くなったことを釈明している。嘘をついているのは分かっているが、それにうなづきながらレースを編んでいる。かすかに部屋の中に香水の匂いがした。

八十のいのちをつつむ単縞　　富安風生（とみやすふうせい）

着物が好きでずっと着物でとおして来た母（？）夏帯をきりっと締めた姿は八十歳とは見えない。背筋がしゃんとしている。やはり昔の人には着物が似合う。

肌着買い孤独ひろがる秋の銀座　　殿村菟絲子（とのむらとしこ）

秋晴れに誘われるように、久しぶりに銀座に出た。デパートの中を、何買うでもなく巡っているうちに下着を買っていた。人混みの中にいながら孤独感におそわれる。秋のせいだろうか。

葱きざむ妻は厨（くりや）に一生を　　盛岡　田村了咲（りょうさく）

了咲庵は鰻の寝床のように奥の深い家であった。奥の突き当たりに台所がある。そこで一心に葱を刻んでいる妻。こうして家族の為に尽くして一生を終えるのかと、ふと哀れに思う。

バード・ウィーク湖の際まで深緑　鷹羽　狩行

野鳥の観察に湖のほとりに来た。滴るような緑が湖を包んでいて、まったく傷のつかない自然そのものであった。命の洗濯ができた、有意義な、愛鳥週間の一と日であった。

鶏頭は百姓の花肉厚く　大井　雅人

鶏頭のとさかに似た花軸は肉厚でざらざらしている。これを見て、作者は百姓の分厚い手を連想した。俺の手もそれだ。

立ちあがる浪の後の冬の海　　平野　吉美

寄せて来た波が急に立ち上がった。そして白い歯をむいて崩れた。つぎつぎに波が寄せて立上がり崩れる。壮快な怒濤の奥に鉛の重たさで暗い海が広がっていた。

外套のなかの生ま身が水をのむ　　桂　信子

雪の中を来ても、派手なオーバーに包まれた生身の体が燃えている。冷たい水を飲んだが、まだ体がワインを求めていた。

頬被り渡舟の席の座り沢(つや)　　中村草田男(くさたお)

川風は体の芯にしみる。客はみんな頬被りをして乗りこんでいる。座板がすり減って光沢が出ていた。唯一の生活の足としての渡舟に歴史を感じた。

いま少し飢えを下さい敗戦忌

堺市　吉田　敦子（日経7・8・13）

飽食の時代に対するアイロニー。飢餓の体験をさせるしか食べ物の有難さが分からないのだ。痛烈な皮肉を自分を含めた世の人々にぶっつける。

虎河豚（とらふぐ）を退職金で食べました

東京　中川　庄三（日経9・1・12）

二．口語自由律俳句

これは、五・七・五の定型や季語の制約から解放されて自由に俳句を詠もうとするもので、俳句の新しい試みではあったが同調者は少なかった。また、現状では、伝統俳句とは全く別なものとして扱われ、自由律短詩などと呼ぶ人もいる。しかし、たとえ俳句でなくても詩であることには変わりなく、詩としての味わいに捨て難いもののあることを心広く理解すべきであろう。

正岡子規門下の河東碧梧桐（かわひがしへきごとう）は、同じ門下の高浜虚子に対抗して新傾向俳句運動を経て自由律俳句の新境地を追及した。河東碧梧桐の門下にあった荻原井泉水（おぎわらせいせんすい）はさらにそれを推進し、口語自由律俳句を提唱して実践した。栗林一石路（くりばやしいっせきろ）、尾崎放哉（おざきほうさい）、種田山頭火（たねださんとうか）等もその流れを汲むが、大きな流れにはなっていない。

曳かれる牛が辻でずっと見廻した秋空だ　河東碧梧桐（かわひがしへきごとう）

屠殺場に引かれていく牛が、ここの四つ角にしばらく繋がれた。人らは煙草をふかした。牛は自分の運命を直覚するという。牛の大きな眼に秋空が映っていた。あの時の眼は確かに涙でぬれていた。

たんぽぽたんぽぽ砂浜に春が目を開く　荻原井泉水（おぎわらせいせんすい）

遠く確かに台風のきてゐる竹藪の竹の葉　荻原井泉水

咳をしても一人　尾崎放哉（おざきほうさい）

風邪をひいて咳込む。咳が堂内に反響して天涯孤独の身に跳ね返って来た。

足うら洗へば白くなる　　尾崎　放哉

素足に草鞋を履き、経を唱えながら門付けをして歩く。堂に帰って埃にまみれた足を洗う。不思議に足の裏は白かった。

墓のうらに廻る　　尾崎　放哉

道端の風化しかかった墓石に回向する。しぜんに墓石の裏へ回って見る。何も書いてなかった。

何もかも月もひん曲ってけつかる　　栗林一石路（いっせきろ）

酔いが回った。高い税金を取りやがって、大型工事を増やし多額の賄賂を取りやがって。べらぼうめ！　世の中が何にもかもひん曲ってる。月までがひん曲っていやぁがる。

なぎさふりかへる我が足跡も無く　　尾崎　放哉

砂浜をとぼとぼ行く。振り返って後ろをみる。足跡が波に消されて無くなっていた。諸行無常。

それは私の顔だった鏡つめたく　　種田山頭火

妻を捨て役職を捨てて物乞いをしながらの行脚。喜捨されたいくばくかの金で酒を飲み、疲れをまぎらわす。悟るどころではない。我が身の悲哀が身に滲みるばかり。鏡を覗くとそこに他人のような自分の顔があった。冬の朝であった。

うしろ姿のしぐれてゆくか　　種田山頭火

行乞して時雨の中を行く。振り向いて見ないけれども、我が姿も時雨の中に消えていっているだろう。次第に消えて行く我が姿と、必ずやってくる命の消えていく我が身の姿とが重なり合う。

さくらさくらさくさくらちるさくら　　種田山頭火

「桜桜　咲く桜　散る桜」を全部ひらがなにして優しく柔らかな感じを出そうとした。無常観が底流にある。差し当たって、散る桜は行乞の我が身であろう。

分け入っても分け入っても青い山　　種田山頭火

どこに行っても青々と茂る美しい山があった。「人間至るところ青山あり」と言うが、それを悟り切れない我と我が身をさいなむのである。

三・話し言葉俳句

特にこの項目を起こしたのは、口語自由律俳句と少しニュアンスが異なるように思えるからである。島田一葉子氏（72歳）は「今主流と言われる俳句は生活から遊離して、独特の世界にこもっている。口語を使えば、だれでも素晴らしい表現が生まれるのに」と、日常生活の機微を平易な言葉でつづった句集『巴里祭』を出版した。

丸い寝顔だ　嫁ぐと決まってから　よけい　島田一葉子

兄妹げんかもうやめた　鈴虫鳴き出して
（小学生）（日経94・11・7）

第十一章　学生の俳句

資料：国民文化祭石川92。遠藤梧逸（ごいつ）忌全国俳句大会

一・小学生の俳句

お正月家は電車だ満員だ
　　岩手　上野原小４年　初貝　麻美

おかえりと返事する人いない秋
　　岩手　箱崎小５年　小林　朋子

かぜひいた母に毛布をもう一枚

岩手　平田小5年　佐々木響子

おとうさん家でごろごろ夏休み

岩手　母体小6年　千田　和久

夕焼けに色をもらったひがん花

青森　福田小4年　藤嶋　瞳美

手のひらがほたるのにおいになっちゃった

石川　瑞穂小3年　橋本　和之

せんこう花火花火のこびとシャンプした
石川　米泉小３年　岡部奈都子

汗だくのガラス職人さおを吹く
石川　能登小５年　高橋　康明

クリスマスサンタはいつもお父さん
岩手　広瀬小６年　菅野　良江

二．中学生の俳句

がくぶちの絵を朝顔にとりかえる
宮城　利府中3年　佐藤明日香

軍配の緑葉あげる草ずもう
石川　高岡中1年　小坂　健

祖父好きなつつじの花を仏だんに
石川　門前中1年　的場　優子

新聞のはいたつ人に桜散る
石川　高岡中1年　北野　睦

宿題が整列している夏休み
岩手　世田米中3年　中里　大介

山積みの宿題そのまま新学期
岩手　世田米中3年　栗原　夏子

きのことり父の背を追いけもの道
岩手　前沢中3年　佐々木竹美

三．高校生の俳句

万緑のすき間の島へ架かる橋

石川　鵬学園高1年　白石　仁美

向日葵や今朝我が丈を越えにけり

石川　中島高3年　前田　勝浩

流れ落ち土に吸われし汗いずく

石川　鵬学園高1年　西田　亜紀

第十二章　外国人の俳句

一・西洋人の俳句

国民文化祭・石川92「俳句入選集」には外国の俳句の紹介がある。

国際俳句交流協会（内田園生（そのお）会長）、上海俳句漢俳研究交流協会（瞿麦会長）

mos-hung tree
a deer moves into
the huter's silence
BAKER, WinonaL

苔の垂れこめた森
鹿が猟人の
静寂のなかへ動く
ベーカー、ウィノーナ・L（カナダ）……（佐藤和夫訳）

Witte wolken zijn
vastgelopen in de wei.
Kerseboombloisems.
MESOTTEN, Bart

桜咲く
牧に坐礁し
雲の船

メゾッテン、バルト（ベルギー）……（窪田　薫訳）

A snail
Dreams a blue dream
On the back of a leaf.
BLYTH, R. H.
葉の裏に
青き夢見る
かたつむり

ブライス、R．H（イギリス）……（本人訳）

On the face
lit up by flash of lightning
a raindrop.
VITAS, Bosko
稲光に照らし出された
顔に
雨粒一つ
ヴィタス、ボシュコ（ユーゴスラビア）……（竹下流彩訳）

アメリカ合衆国、メキシコ、キューバ、コロンビア、ペルー、ブラジル、アルゼンチン、スウェーデン、デンマーク、イギリス、ドイツ、オランダ、ベルギー、ポーランド、オーストリア、フランス、スイス、ルーマニア、クロアチア、ユーゴスラビア、イタリア、ギリシャ、スペイン、ロシア、サウジアラビア、モロッコ、セネガル、ケニア、南アフリカ、パキスタン、フィリピン、タイ、マレーシア、シンガポール、インドネシア、ニューカレドニア、オーストラリア、ニュージーランド、中国……等の投句が載っている。

二．中国人の俳句（漢俳）

漢俳の定型は漢詩と俳句の両方の形式を兼ね備えた点にある。つまり五七五の形式で詠み、季語があり、漢詩の分行の形で、押韻（おういん）と平仄（ひょうそく）を踏んでいるのが特徴で、新しい形式の詩として静かなブームを呼んでいる。

白玉蘭　　田永昌

窓前白玉蘭
折取一枝含笑看
留芳送君前
芳しき白蘭手折る君がため（日本人の訳）

夏　　　朱海慶

蝉声入水池
筆洗心斑一二滴
処処秀離
筆洗う心にしみる蝉の声（日本人の訳）

趙朴初

緑陰今雨来
山花枝接海花開
和風起漢俳
（緑の茂る季節に新しい友人が訪れてくる。山の花は海の花について開いて、和風から漢俳が生まれる）

三．俳句を英文にしてみよう　木村　信夫（片岡印刷所）

古池や蛙とびこむ水の音

松尾芭蕉

Into an old pond
Hopped a frog, then it making

The sound of water.

雪とけて村いっぱいの子供哉　小林一茶

The snow has melted
Away; O! the village is
Crowded with children.

あとがき

本書を執筆するに当たって、学生を常に念頭においた。それは高齢化する俳句人口に新鮮な感覚を持つ若者たちの参加を期待したいからである。

日本に於ける俳句人口は四百万とも五百万ともそれ以上だとも言われている。また、俳句に関心を持つ学生が増えてきているという。さらに、日本経済新聞（土曜版）に連載されている〝世界のＨＡＩＫＵ〟（国際俳句交流協会会長・内田園生（そのお））を見ても世界中に俳句に関心を持っている人々がいることが知られる。

戦時中「京都大学俳句会」「東京大学俳句会」が「時局を弁えない非

協力者」としてガサ入れを受け、教授も検挙された。それに、秋元不死男は振興俳句で拘置され、二年間獄中で過ごした。俳人は沈黙を余儀なくされた受難の時代を経て終戦を迎えた。そしてすぐ、昭和二十一年に桑原武夫氏の「俳句は芸術の名を返上し、初等教育から江戸音曲と同様に排除すべし」と爆弾的発言があった。桑原氏は、俳句のリーダー格の作者十五名の句を名を伏せて一人一句を列挙して「これらの俳句は作者についての理解と解説なしでは一般の読者の理解が不可能であり、一般の読者を持たない文芸は最早近代の文学とは言われない。こういうものは文学つまり芸術の範疇に入れられるべきではない」と指弾した。確かに俳句愛好者でも知らない人の句集には手を伸ばさない。ましてや一般の人は、本屋の棚に並んでいる俳句雑誌や句集には目もくれない。一般の読者が皆無に等しい現状については、俳人からの一言の反論がなかったように記憶している。

詩人高村光太郎が「言葉が極度にむだな要素を省き鍛錬されきって、短くエッセンスのみに結晶化されたとき、真の意味の詩が誕生する」と言っているように、詩とはそうした作業で結晶したものであると思う。

俳句は、季節感を中心に捉えた、五音七音五音の合計十七音（正しくは音節）という運命的なリズムを背負って俳諧連歌から独立した。また、和歌は上流社会の文学であったのに対抗して、俳句は庶民の文学として出発した。だから、俳句は誰にでも分かるやさしい表現を好んだ。きらびやかな雅語（がご）も必要なかった。季節の移り変わりの中に生き、喜怒哀楽に揺れ動く心の中を五・七・五に言葉に乗せて並べれさえすればすぐに俳句になるという易しさがあった。だが、時代とともにそれでは済まなくなって来てはいる。それは結社の方針でもあろうが、ますます一般との格差を広げ孤立化の方向を辿っているように見える。

一般読者を俳句読者としてどう取り込むか。また、これからの俳句そのもののあるべき姿を真剣に考える時期に来ていることを自覚して欲しいと思う。四十二歳の桑原氏が「俳句第二芸術論」で指摘した方向に近付き、自滅の道をたどるのではないかと憂慮される。


牡丹散ってうちかさなりぬ二三片　与謝　蕪村

この句は、十二音と五音に文法上切れている。これは「牡丹散って二三片打重なりぬ」というべきところを平板さを避けるために一部を倒置して切れを作っている。倒置させた理由のもう一つは「二三片の花びら」に焦点を当てたかったからであろう。

絵としては、散った二三枚の花びらだけでは様にならないのに、俳句としては立派に成立するのはなぜだろう。蕪村は散っていく牡丹の儚い命を見据えて自分の命と重ねているからではないだろうか。つまり俳句は情景の他に無意識のうちに心情が練り込まれているようである。

いくたびも雪の深さを尋ねけり　　正岡　子規

寝返りさえも出来ない状態の中で、家人に降り積む雪の様子を何度も尋ねる作者の心情が直線的に述べられている。脊椎カリエスの激しい痛みに耐えながらもこんな静かな句を詠めるのが不思議なくらいだ。ここにも俳句を支えている精神的な何かがあるように思える。それは生命力を乗り越えた達観的なもののようである。

俳句は、短詩のために大胆に説明を省略し、平板になるのを避けるためにさまざまな工夫がされて分かりにくくなることも起こり得る。

霜の墓抱き起されしとき見たり　　石田　波郷

この句で「抱き起されし」たのは作者なのか、それとも墓石なのか。これが俳句総合誌の中で何度も論争になったことがあった。この句について波郷は「私は俳句の主人公は常に『われ』でなければならないと考えている。もちろん、この考えは少し極端かも知れない。古今の俳句の中にはそうでないものもある。しかし、このように考えるところに基礎をおかなければ、俳句の方法は確立されないと思うのである」と言っている。

この句は作者の大手術後のものかと思う。当時の肺結核の治療は理学療法が主流で、病巣の肺臓を切除するのに邪魔な肋骨をも切り取る生死を懸けた大手術であった。命を得て目覚めた時に目にしたのは工事中の冷え切った墓石の姿と、大きく変形した己の胸部の姿だったろう。それでも命拾いしたことを森羅万象に感謝したに違いない。俳句には表現されたものの他に心の内にある何かが付き纏うようである。

俳句は本来は優しい庶民の言葉で表現されるべき詩だったのが、難しい語句や忘れかけた文語を使うのはそこに変化の新しさを出そうとするせいでもあろう。が、もっと現代語を用いた技巧が試みられるべきであろうと思う。

文語は主として平安時代の言葉で、現代では死語になっていて殆ど日常に無縁のものとなっている。仮名遣いも戦後内閣告示により画期的に改定させられた。それなのになぜ昔の文体を踏襲しようとするのか。それは、懐古趣味としか説明のしようがない現象である。

俳句における技巧を追っているうちに、俳句には表現されていない何か影のような染(しみ)のようなものが纏わり付いているのが気になっていた。

俳句は表現技巧によって面白みが増加するが、技巧があまりにも多く複雑で手の付けようが無いと諦めながらも何とか技巧だけでも纏めたいと思い立って、項目を見つけ該当する例句を探した。それが思いの外難渋した。ここに取り上げた技巧の項目は実際に存在する技巧の一部かも知れない。名のないもの、名の付けようの無い技巧があまりに多過ぎることを痛感させられた。参考になる本が乏しく自己流に名付けて自己流に括らざるを得ないものも多くなってしまった。今後は、レトリックに詳しい方々の知恵にお任せするしかない。

詩想が枯れたり、作句に疲れた時のためのサプリメントとして、娯楽的要素も加えたので活用して頂きたい。本書が俳諧に関心のある方の俳句鑑賞に、句作に少しでも役立てばと願う次第である。

末筆になったが、俳句の技巧を整理してみようと、思い始めてから二十年ほどの歳月が流れ去った。手探りで項目を起こし、それに合致する例句を探すのに手間取り何度も投げ出した。乏しい頭脳で何度も組み直し括り直しもした。予想したものには遠いものになったが、視力の衰えもあり、いつ襲われるか分からぬ認知症の虞れもり、日暮れに急がされる思いで出版を急ぐことになったが、今後の研究の足掛かりとして頂ければ幸甚である。なお、新しい試みでもあり、大方の叱正を請う次第である。

平成二年三月十三日

＊＊＊＊　　＊＊＊　　＊＊＊

前記は、以前に没にした本の「前書き」として書いたものだが、そのまま残した。

　上梓を思い立ったのだが、行動に移せず本箱の隅に押し込んで三十年ほど経ってしまった。それは私の優柔不断の故でもあるが、表現技巧の広さ深さと複雑さは私の力では律しきれそうにないと諦めたからでもあった。

　それなのに、恥を忍んで出版を決心させたのは、厚顔にした卒寿のせいとお笑い下さい。

「俳諧」と「俳句」とを区別せずに使って来たが、「俳諧」の中には伝統俳句・自由律俳句・連句・川柳・長歌行なども含めて念頭に置いて用いた。自由律俳句の中にも俳諧として捨て難いものがある。そこに秘められている無常観には心が揺さぶられるものも少なくない。

　人間は生れ落ちてから諸行無常の中に生きて死に至る。私の気になっていた俳句に纏わりついていたのは無常観であると気づいた。意識せずとも俳句作品の底辺で支えているように思える。これは表現技巧ではない、人間の持つ宿命だったのだ。

仏教の原点である「無常観」は、仏典が日本に入って来る以前から、言い換えれば原始時代から人々の心の中に（言葉を持たなくても）刻まれて来ているように思える。

それが仏教の普及により教典の言葉で裏打ちされたと考えてよかろう。無常観と言えば「諸行無常」「生滅滅已」「雪山偈」「いろは歌」とつながる。「雪山偈」は平安時代中頃になって、分かり易く「以呂波歌」に和訳されている。これは恐らく御詠歌として広まり、人々の生きる規範として、また、ひらがなの「手習い用の手本」としても浸透していったと考えられる。

人間は己の死について諦観にしろ達観にしろそれぞれの心構えを持っている。
俳句の底流にあるのは御詠歌の「以呂波歌の心」で、俳句もその「いろは歌」に支えられて成り立っているということになりそうである。憶測で書いた分もあるが、的からあまり外れてないように思うが如何だろう。

令和元年十二月十三日

畑村　耕夫（本名・光夫、九十歳）

「雪山偈(せっせんげ)」

諸行無常(しょぎょうむじょう)
是生滅法(ぜしょうめっぽう)
生滅滅已(しょうめつめっい)
寂滅為楽(じゃくめついらく)

雪山偈の解説

雪山童子が修行中、羅刹(らせつ)からこの偈の前半を聞き、さらに後半を教えてもらうために我が身を供養したというので、雪山偈という。

主な参考資料

岩手歳時記　岩手日報社編
省略の文学　中央公論社
俳句歳時記　角川書店編
花鳥風詠　高浜虚子編
俳諧歳時記　新潮社編
戦後の俳句　楠本健吉編著
俳句入門　秋元不死男著
秀句十二ケ月　能村登四郎著
月刊誌『俳句』　角川書店
北海道東北ふるさと大歳時記　角川書店
俳句用語辞典　飯塚書店編

俳句文法入門　石原八束監修

やさしい俳句入門　松井利彦著

現代俳句セミナー　高橋悦男著

日経（俳壇）　日本経済新聞社

英文俳句を作ろう　木村信夫著

中等文法（佐伯梅友編修）　三省堂

新文典（橋本進吉著）　冨山房発兌

産経（俳句欄）　産経新聞社

朝日（俳壇）　朝日新聞社

世界大百科辞典　平凡社

俳句の表現技巧を捌く　俳諧の底流にあるものを求めて

令和2年2月16日　第1刷発行
著　　者　畑村　耕夫
発 行 者　小林　和光
発 行 所　創開出版社
〒277-0005 千葉県柏市柏 2-7-22
TEL 04(7164)6511　FAX 04(7164)6242
印刷製本　モリモト印刷株式会社

ISBN978-4-921207-16-8